DU

MO

DU
MO

读 墨

欧阳文蔚　著

哈尔滨出版社
HARBIN PUBLISHING HOUSE

图书在版编目（CIP）数据

读墨 / 欧阳文蔚著 . — 哈尔滨 ：哈尔滨出版社，
2023.1
ISBN 978-7-5484-6767-0

Ⅰ . ①读… Ⅱ . ①欧… Ⅲ . ①散文集－中国－当代
Ⅳ . ① I267

中国版本图书馆 CIP 数据核字 (2022) 第 174109 号

书　名：读　墨
DU　MO

作　者：欧阳文蔚　著
责任编辑：李维娜
特约编辑：孟祥静
装帧设计：刘昌凤

出版发行：哈尔滨出版社（Harbin Publishing House）
社　址：哈尔滨市香坊区泰山路 82-9 号　　邮编：150090
经　销：全国新华书店
印　刷：三河市元兴印务有限公司
网　址：www.hrbcbs.com
E - m a i l：hrbcbs@yeah.net
编辑版权热线：（0451）87900271　87900272
销售热线：（0451）87900202　87900203

开　本：880mm×1230mm　1/32　印张：6.625　字数：173 千字
版　次：2023 年 1 月第 1 版
印　次：2023 年 1 月第 1 次印刷
书　号：ISBN 978-7-5484-6767-0
定　价：59.80 元

念

携三秋岁月
盈一杯香茗
在时光的转角处
伴着落叶稀疏的音符
致敬那些我们爱过
也曾辜负过的时光

欧阳文蔚

欧阳文蔚是一位来自四川省广安市邻水县的女孩，2003 年出生。我是今年春天在《中国乡土文学》的投稿交流群里结识她的。群里的编辑老师对她做了特别介绍，并要求大家对她多加关心。于是，我开始关注她，看了她发在群里的大部分作品。我发现她的文章文笔流畅，语句优美，有思想，有深度，而且看得出她读了不少的书，厚积而薄发。一个年仅十八岁的学生，能写出这么好的作品，真是难能可贵了！大概是她也看了我发在群里的东西和发表在《中国乡土文学》上的作品，于是加了我的微信。我们交流了一段时间后，她便在微信里发给我一个集子，里边有她写的很多篇文章。她说她准备出一本书，书名就叫《读墨》。她请我给她写一个序，当时我是拒绝的。我告诉她得找一位有名气的作家写序，但她坚持要我来写。我怎么能再拒绝呢？我不能驳一个跟我的外孙女差不多大的孩子的面子啊！思来想去，就以《欧阳文蔚文章欣赏》为题写点东西吧。如果她找到一位更合适的老师为她写了序，这篇东西就算是读后感吧。

文蔚的散文给我印象最深的一点是她的勤学和多思。从她的作品中不难看出，她的确读了很多书。更可贵的是，她是在用心地读书，而且用心地思考。她读《红楼梦》，便把书中的一僧一道上升到抽象的佛教和道教来理解作品。对书中的一些主要人物，她都有自己的见解和评价。她评价王熙凤时很有见地地分析，是贾母把王熙凤推到了前台，王熙凤站到了那个位置，就必须如是作为。她说："王熙凤有错吗？当然是有错。她错就错在生在了那个时代！……她是典型的环境下的产物，同时，作者对她的成功塑造，又很好地表现了那个时代。"她读到李隆基和杨玉环的故事，就质问道："若为爱，何不为她守好一方江山？若为爱，何不以生命奋力一搏？"

她不仅在阅读中思考，生活中她更是处处留心、多有感悟。她曾和我谈起过她对一些事情的见解："生活中的我们，无论处于何种角色，都应该学会适时示弱。它使我们善于洞察，爱得从容，并留下更多与自己沟通、与人交流的空间。使我们更好地适应周围的环境，入乡随俗却又不随波逐流。"你看看，她的这些处世之言，哪里像一个孩子说的话？

她在《致自己及境遇相似的你》中写道："放过一些无厘头的生活细节会快乐很多。"从这话中看得出一些稚嫩的少年思维，但也能看出面对挫折她成熟了许多。

文蔚对人生的感悟最可贵的是立志向。她和我聊天时曾说出哲人一般的语言："真正的累不是身累，而是心累。人生有了方向，有了奋斗的理由，心就安定了，便累得值得了。"她在《燕知鸿鹄梦，人树凌云志》一文中，更把立志向阐述得十分明白："唯有立下凌云志，有了前进的方向和动力，才能为之拼搏，才能成就自己的人生。""志已立，还需不畏磨难，砥砺前行。""志若成，还需向下一个目标发起进军。""切勿沉沦当下，在荣耀中迷失。谨记，没有最好，只有更好。"

在当下青年人普遍晚熟的时代，这个十八岁的女孩竟如哲人一般思考着生活，思考着处世，思考着人生！

她崇尚简单的生活，主张脚踏实地，坚定信念，抱真守拙。在她的许多作品里都能看到这种理念。她说："茫茫人世间，滚滚红尘中，有太多的迷恋，太多的追求，……往往湮没了灵魂深处那一片诗意。""唯有沉淀出诗意的灵魂，才是真正的成长。"

文蔚的散文很美。她对写作技巧的把握，对语言运用的灵动，对作品意境的提炼，随处可见。

她在《怀夏》中这样写道："天色暗成淡蓝，远处群山如黛，透过墨色林道，能看到路旁灯光依次亮起，炊烟熏红了晚霞。"她在《曦》中写道："初晨，太阳才探出一点儿头，曦便诞生了。它从太阳橙红的晕中溜了出来，先是跑到云的住所，偷偷换上了金色的薄纱，与那云缠绵在一起，难舍难分。"无论是晨或暮，在她的笔下，寥寥数语就把精彩绝美的动感的画面呈现在你的眼前。

她在《心兰相随》中写道："如一条蜿蜒曲折的小溪，上面漂着片片花瓣，那浅浅的几瓣花随着象征高尚与清廉的溪流远去。虽没有波澜壮阔的磅礴气势，却也悄悄寂寂而又细细碎碎地一路流淌，潺湲于美丽的岁月之中。"在这里，文蔚为我们展现了一个平凡而又诗意的境界，同时，又倾吐了她崇尚平凡而净美的生活和人生的心境。

当然，欧阳文蔚的文章并不是篇篇都尽善尽美，个别篇章还存在内涵不够、深度欠缺等问题，这是生活经历和写作经验都有限的她不可避免的问题。我相信她通过努力很快便会得到提高。

看得出来，欧阳文蔚热爱文学，也用心于文学。她的作品中洋溢着热爱祖国，热爱共产党，热爱人民的正能量，也体现着她的善良质朴。她的起步已经如旭日东升，晨曦叠彩，假以时日，定会在文学上大有作为。最后衷心祝愿欧阳文蔚学业有成，事业有成，文学创作更上一层楼！

傅胜必

2021 年 7 月 25 日于怀化

傅胜必，湖南省怀化市辰溪县人，湖南省作家协会会员，湖南省民间文艺家协会会员。先后在报刊上发表各种文体的文学作品 200 余篇。著有散文集《我的沅江》，诗集《踏雪留痕》，学术专著《辰溪方言》，史志《中国共产党辰溪历史 1949 至 1966》及《傅胜必议论文集》。《大自然寓言故事》正待出版。

　　完成了全书的写作，才开始动笔写这篇自序。饶是如此，仍不知从何处落笔，从哪儿谈起，故几次打开本子，写了又删，删了又写，结果只是差强人意。

　　其实一直以来，我都没有停止过写作，不管以何种形式。我会因为感动写，会因为失意写，会因为寂寞写，最重要的，我会因为想要诚实面对自己而写。

　　写作于我而言是一件沉浸在真实世界里却能够思考精神世界的事，它能够促使一个人更好地认清自我而不至于被周围人的言论所麻痹。

　　写作，是一个和自己对话的过程，也是一个不断了解自己的过程。我想：选择安逸、逃避痛苦是一个人的本能，但如果始终生活在虚无缥缈的言论与自己单方面未经思考的认知中，也是对自己和生命的一种不负责任。人是需要倾诉的——这是每个个体正常的情感需求之一，而倾诉的方式有多种。一些人习于向身边的朋友倾诉，但是这样做必须要对朋友有充分的信任，而且要具备对流言蜚语不在意的率真与洒脱。而我便喜爱记录自己的心情，待日后查看便会豁然开朗。翻看前面的文字，我眼前浮现出太多的过往……慢慢地就发现越近的事情越模糊，越远的东西越清晰。这世上的人与书中的事都在我的生命中来来去去，我也在其中兜兜转转，最后依然会回到原点。总有一些风景，会在生命的过往里叶落归根；也有一些事物，会在生命的进程里不期而遇。于是逝去的化成了怀念，新生的带来了灵动。人生就这样在适应与熟悉、离别与想念之中幻化成字句，串联成篇章，每一句话都是真听、真看、真感受，一切思绪都被笔墨记录下来，跃然纸上。于是，我给这些文字起了一个自认为动听且诗意的名字——《读墨》。《读墨》读的不仅仅是书里的内容，还有一些来源于生活却高于生活的情节冲突以及由此衍生的所思所感，还有对社会、生活的关注与思考。我始终认为"无字之书"与"有字之书"一样有分量，前者为后者增添了厚度，后者为前者提供了质量。而读墨，便为生活增添了情趣。

目录 · CONTENTS

目录·CONTENTS

目录 · CONTENTS

目录 · CONTENTS

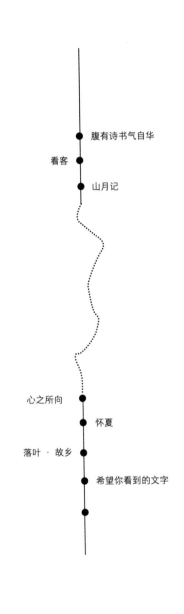

腹有诗书气自华

看客

山月记

心之所向

怀夏

落叶 · 故乡

希望你看到的文字

腹有诗书气自华

书籍是培育我们的良师，无须鞭笞和棍打，不用言语和训斥，不收学费，也不拘形式。

——题记

苏轼一生坎坷、饱经沧桑，却写下了流传千古的名句——粗缯大布裹生涯，腹有诗书气自华。

一个国家的兴盛，除了强大的军事实力和经济实力，文化软实力所带来的影响也是不容小觑的。据大数据显示，2019年，我国年人均阅读量与许多国家相比还是比较少的。以色列的年人均读书量为60本，位居世界第一，是全世界唯——一个没有文盲的国家；日本的年人均阅读量也达到40本。但遗憾的是，除教科书外，中国人年均读书量为7.49本。所以，提高我国公民的阅读量，提升国民文化水平势在必行。

歌德说："读一本好书，就是和很多高尚的人谈话。"这一点，我与他不谋而合。读名人偶像的成长经历，读平凡人的青春浪漫故事，读揭露社会现实的正面引导文字，读饱含积极乐观的励志文章，读使人茅塞顿开的人生哲理……阅读仿佛是一卷没有尽头的画轴，不仅藏着世间的韵味，还能读出情感的共鸣。

阅读让人们知道生活不仅有面包和苟且，还有玫瑰、咖啡、诗和远方。随着科技快速发展，国家日益强大，社会中的竞争愈发激烈。一张张彷徨而愁眉不展的脸，一声声穿击心灵的叹息，一天天泡面填着肚子的日子。每年有多少应届大学生从毕业开始就挤破头地想要留在北上广或其他大城市，每天过着三点一线的生活，起早贪黑，熬夜加班，为的就是能在茫茫人海里有属于自己的立足之地。吃着简单的饭菜，交着花掉大半工资的房租，拥有哪怕只是一处窄小的蜗居之地也会十分满足。不过，这些人已经彻底被城市的喧嚣淹没了。他们早已忘记什么是放松，什么是闲适，什么是自然。他们忙碌到连翻看一本书的时间都没有，正是这样，他们更加需要阅读来放松疲惫的身心。

阅读能让人闹中求静，能让心远离喧嚣。每天的空闲时间，试着放下手机，合上电脑，闭目养神，然后拿出一本自己感兴趣的书，读上一小段，细细地品味，会感觉到仿佛打开了一扇新的窗户。俗话说："磨刀不误砍柴工。"放松在一定程度上也是为工作储备能量。"书中自有黄金屋，书中自有颜如玉。"家喻户晓的著名主持人董卿在接受采访时透露了自己的一个小习惯：每天不管多忙、多累，都会雷打不动地去看会儿书。

阅读能够增加一个人的魅力。即便是穷困潦倒的人，书读得多了，给人的感觉也会与众不同，总会散发着一股清新淡雅的书香气。无论是杜甫，还是苏东坡，他们一生虽然身如浮萍，仕途不畅，但都无法掩盖他们的才气以及心中的豪情壮志。

阅读能让人不断成长。我记得著名作家赵丽宏说过一段发人深省的话："阅读文学作品，是一种文化的积累，一种知识的积累，一种智慧的积累，一种感情的积累。大量地阅读优秀的文学作品，不仅能增长人的知识，也能丰富人的情感。如果对文学一无所知，而想成为一个有文化有修养的现代文明人，那是不可想象的。"中华上下五千年的历史，你虽不能一步一个脚印地重走一遍，但是阅读能让你畅游在历史的海洋，让你博古通今，让你知晓战国时期的百家争鸣、秦朝时的焚书坑儒、魏晋时期的三国鼎立、唐朝的开元盛世等。一个地地道道的中国人需要充分了解中国历史，才能去其糟粕，取其精华，才能更好地为国家的发展贡献一点微薄的力量。走进书里，了解他人的人生，感受自己的感受，不经意间和作者心意相通，心境豁然开朗，发现原来自己还有如此的一面。

阅读一本书，或是一本包含了莫泊桑对法国社会细致入微的洞察与淋漓尽致的描写的小说，或是黑柳彻子对已故教师小林宗作感恩的文章及对战争的痛恨、对教育初衷理解的自传体系列小说，都是值得每个阶段的你选择的书。不妨提起笔，勾画那些不经意间拨动了你的心弦，让你恍然大悟、感念至深的言语。它可能会让你找到人生的方向、意义与价值，甚至会跟随你一辈子，影响你的人生。

阅读，是一件凌驾于时间上的事情。从孩提时代做起，从时间轴的每一个细小的单位做起，从每一年的目标做起，我永远相信，阅读给人们带来的变化是不能够估量的。所谓"腹有诗书气自华"，也是长期积累的结果，读万卷书就如行万里路，那些思想站位比你更高的人与能够让你幡然醒悟的字句等着你去与之进行灵魂上的交流与碰撞。

阅读，是为了遇见更好的自己，也是为了更好地认识这个世界。

人间花事

人生一世，一生一死，一起一灭，看尽风尘荣辱，知晓世情风霜。我喜欢的不是燃烧的炽热，而是烟花落尽的薄凉。

轻启窗扉，任微风细雨拂在发梢。窗台萦绕着淡淡的轻烟，淡淡的芬芳，淡淡的惆怅。一阵微风，可以撩人情思；一片落花，可以催人泪下。那么多的经年往事，都会随着淅淅沥沥的雨水流淌而出，任你的心多么坚硬冷漠，终抵不过这湿润的柔情。

所以，人生才会有那么多的牵念缠绕，那么多的愁绪难消。这所有的时间蔓延，幽微瞬间带来的光亮，使我们有耐心在落寞的世间继续忍耐和行走。所有人都清楚，一旦离开人间，这场花事将会完结，吞噬我们的将只是沉寂和黑暗，人的一切意识都将被剥夺。花事的终结并不意味着生命的凋零，而是见证了人间卑微角落的慷慨。

花期太长，长得看不到结束；花期太短，短得不知道已经开始。正如人的阅历一样，太急没有故事，太缓没有人生。花要想得以成长，就得任风吹雨打；人要想变得成熟，就得承受生活的艰辛和命中注定的苦难。所以，人的生命应该如花一样，用全新的姿态去绽放，这样才能充满厚度。花的经历也许会教会它，专注于积蓄芳香的过程而并非使自身色彩更艳丽，会使花彰显更加长久的魅力；人的阅历也许会伴随着疼痛与失败产生，继而在活了大半辈子后总结出一个真谛：有尊严的输比充斥麻木的赢更重要。年轻气盛时渴望成功，后来才发现，面对挫折与失败时乐观豁达的态度比赢得胜利更重要。

在随风入夜的细响中，伴随着暗香涌动，徜徉在一片花林里，你会看到富贵骄傲的牡丹、清新淡雅的白莲、隐逸避世的菊花。于是你满心欢喜，寻觅着世间恬静的美好。但这时，你柔嫩的肌肤可能会感受到生活中细微的刺痛与麻痹，那是因为你的身体被玫瑰的刺刺伤了，因害怕被扎的疼痛感，你也许会习惯性地选择避开，却一直不知道，刺是客观存在的。这亦是生活，人性的阴暗面，是伴随着人的天性与生俱来的，每个人都想要生活得很好，于是，在职场上他们争功夺利，脸上狡黠的微笑成了他们的生活习惯，并悄无声息地融入他们的生命当中。其实面对这些，我们只需做好自己，从容应对，既要学会接受与正视，也要巧妙躲闪。而且，面对有些事情，"难得糊涂"的心态是获得幸福感的一个有效途径。如果一个人对一些争名夺利之事涉入不深，就会自然而然地形成一份矜而不争的利他情怀，这也是人生在世难能可贵的一份体验。人一生的光阴主要用来做两件事，一是使用外在的资源充实自己的内心，即不断地得到；二是留些时间给所谓的失去，即心系他人、奉献社会。

因为人一生的光阴是有限的，所以没必要把所有事情都看透。年纪尚小与阅历尚浅的人如果把一切都读懂、看透了，便会觉得生活是索然无味、平淡无奇的。人们对生活的理解会随着年龄的渐长在阅人阅事中逐步增加，所以不必刻意向往成熟。在拥有青春岁月的时候，如果显现出不懂事的样子，那便是一种年轻的本色。在一定规则范围之内大胆尝试，其实也是一种沉淀阅历的方式。

因为人性都有着"为己"的一面，所以情感上的自私也总是不可避免的。人是有七情六欲的，如果过于压抑自己的思想只会让自身万念俱灰。适时学会用情理争吵吧，这样会通过情感宣泄你的痛楚。毕竟，风与雨才被称为花的一生；善与恶才被称为人的本性；

光与影才象征着真正的生活。

不必害怕花事的终结，亦不能肆无忌惮地生活。当人们假想中的死亡逼近时，在行走于幽径，感受到残香如梦的时刻，才开始珍惜花的感受，才开始把曾经的爱恨、需求、贪恋、失望与痛苦看轻。不必把他人的感受看得太重，毕竟活在别人的眼神里，就会迷失在自己的心路上。对人、事的看法只存在于刻板印象当中，是因为缺乏了一种"不高估人心，不低估人性"的智慧。如果在观光的旅程中能增添这一丝一毫的智慧，就能在喜欢别人的同时也被别人喜欢。身处爱与被爱的环境中，才能增加生命之花的馥郁，提高生命质量。

花儿在生命终结时会化为七零八落的碎片，并无左思右想的权衡，亦没有孤注一掷的决绝，它们铭刻：沙上有印，风中有音，光中有影，然后相互凝视着，屏息交换着生命的本真。地面上的斑驳光线是它们留下的生命的缝隙，在阳光的照耀下显得光彩夺目、熠熠生辉。它们在感恩中并未真正消逝，而是转化为另一种方式存在。

世事如此，有一种茶叫不浓不淡；有一种爱叫若即若离，可是，只有拥有过才能疏离，品尝过才会清淡。我们面临消亡的命题时，所做的不同抉择会影响我们对待生命的方式。

生之过于有意义，就是因眷恋而不忍离去！但花，终究会凋零；人，该去时终会离去。否则，就是一种负担，哪怕是对自己。因为花与人一样，只是万物的表现形式而已，存在于天地之间；而为世界带来色彩与价值，才是对生命的注解与体会。

如果我们只热爱那花团锦簇的茂盛，而不热爱那化作泥土、葬于大地的消亡，那是因为我们并未真正感到那香远益清的芬芳，并未真正地理解人间花事的含义。

何为幸福

何为幸福？也许，每个人的感受与回答都不尽相同。幸福是一个宽泛的概念，它存在于每一个喜笑颜开的脸庞里，它亦隐藏在虚怀若谷的心胸中。

如果你在皓月当空的夜晚，感到一种内心的安逸与宁静，然后轻取一张随身携带的心情信笺，写下心中的牵挂，那遥寄的思念便是一种幸福。

朋友，当你身处一个风景如画的公园时，也许会见到许多幸福的面孔。那在沙坑里恬然自适地玩着细沙的孩童是幸福的，他们不曾体味过人间污浊的一面，他们的眼中没有利益纠葛与欲望纷争，爱与欢欣都是纯粹的，他们的年龄尚小，可以随心所欲地欢笑与哭泣，那种自然而然的情感流露便是一种莫大的幸福。从他们充满稚嫩的脸庞上，我看到了"看山是山，看水是水"的本真美，那是他们拥有幸福体验的根源。

在公园里，你会看到长凳上一对深情拥抱的情侣。此刻的他们或许坠入爱河，正处在热恋时期。他们投入了很多精力去寻求爱，学会爱，他们在付出爱意时也在不断地认清自己。他们希望对方能够兴高采烈但绝不是一种攀附，他们热烈的肢体接触也许没有海枯石烂的壮烈，之后的日子也不免会有摩擦与隔阂，但此刻的全情投入与经历本身就是一种未被察觉的幸福，伴随一种柔情似水，或短或长的前景美……

在走廊边，你会看见一些人正在谈笑风生或唏嘘感怀。他们三五成群地并肩行走，看样子，他们或许是各个领域的佼佼者，正在切磋财富的多少，或是几个志同道合的挚友，在回忆当年的峥嵘岁月。他们在畅聊学生时代的爱慕与自己的近况，年过半百，一切都成为笑谈。你听到里面夹杂着炫耀的欢娱与落魄的沮丧，就好似听风语之落花与卧芳菲之醉客的洽谈。在相差无几的年岁里，有着太多的道不尽，说不明……岁月里的清梦，不断地将似水年华的长卷撰写，或得意了人生，或寥落了岁月……缅怀，便成为最好的托词，但聊胜于无。每个人都带着沧桑回航的熟思，当年悠然的远去，仅留下了长叹凝望的沉吟，忘情地回顾一颗俗世沉浮的心。时过境迁，世事如云烟，被留存的只是一纸韶华，追寻的流浪埋在记忆的深处，依然颠沛流离。每个人都成了时间的儿女，那是一种"看山不是山，看水不是水"的情感……此刻，他们眼中的幸福，大概和自尊与谈资、唏嘘与淡然有关。不关乎长久，却也有着醉人的美。

这时，你看见远处树林里一大片一大片火红的光……夕阳下出现了两位相互扶持、积极生活的老人。他们或许相濡以沫了一辈子，时间教会了他们惜缘，也给了他们抓住余生的勇气。我想：那是一种"看山还是山，看水还是水"的和谐温馨，无疑也是很幸福的……

在平凡的日子里，你能感受到与自身生活息息相关的幸福。因为你和我一样，都生活在一个安全的国度，全然不用担心一颗突如其来的炮弹降落在身边；我们亦无需害怕陌生人会过来抢走我们随身携带的财物；当我们的身体出现问题时，如今的医疗条件与不断完善的医疗保障制度可以为我们的健康保驾护航，我们触碰生命终点线的概率比起以前也大大降低了；在法律的保障下，我们对自身合理权利的维护亦越来越有信心；回家之后，我们可以享受家人为我们做好的色香味俱全的美食而不会饥肠辘辘，我们一打开互联网，就有扑面而来的海量资讯；来到书店或图书馆，就有大量的出版物供我们选择。如果合理筛选，内心就不会饥渴，心灵就不会空虚。这个时代有太多的新鲜事物，即使生活了一百年，哪怕是在你极擅长的领域，也不见得会完全了解、明白通透啊！

虽然现在还有部分犯罪分子逍遥法外，还有一些扰乱治安的行为在暗处滋长，还存在一些物质、情感方面的欺骗行为……但很多不良风气都正在被有效整顿，一切美好都已蔚然成风。抱有侥幸心理的犯罪分子都会被绳之以法，一切都呈现出欣欣向荣的局面。如今的生活给人以深刻的获得感与踏实感，使人满怀感动，让人感悟幸福……

归根结底，何为幸福？我认为，它是一种无法触碰但却真实地存在于我们身边的美好感受，是一种能够切实感受到的对生命原始欢乐的渴望与踏实的质感。

荡漾在故乡的温情里

广阔的山，疏淡的云，树木成林，花草成丛。这儿有碧绿的树叶随风婆娑起舞，有成群的鸟儿忽地飞起，掠过云霄，有机灵可爱的阿狗摇头摆尾，示爱求宠，更有温暖的亲情常伴左右。这儿是《云边有个小卖部》里刘十三与姥姥王莺莺相依为命的童梦天堂，亦是承载我美好记忆的一方天地。

在那个还未有能力去到远方的年纪，我们最爱的，便是与村里的伙伴一起游玩后山。在那里，有大片大片的庄稼地，有许多乡亲们都在地里劳作。低矮的山坡上生长着密密的茅草，在那山坡背后，是座不大的山谷，谷底是条小河，河上搭着窄窄的小石桥。这石桥，通向一片幽深的松树林。一到春天，松枝上开始冒出嫩嫩的绿绿的小芽。微风一起，吹过松林，吹得松枝直摆；吹过河面，吹起一圈又一圈涟漪；吹上山坡，吹绿了乡亲们的庄稼地，也吹绿了山坡上一束束的茅草。到了秋天，我们便喜欢爬上山坡，折下一根又一根茅草的茎，拿在手里不住地转圈，一团团茅草絮便漫天飞舞，又一个劲儿地用身子去接，然后指着浑身粘满茅草絮的对方笑，最后，在大人们的怒斥下忙使劲儿拍掉。过一会儿，又躲到一个大人们瞧不见的茶园里，去采摘灌木丛里的茶籽片。印象中茶籽片的质地是硬的，它的模样与四川广安地区人们俗称的"厚脸皮"有些类似。茶籽片总是绿中带红，红里也透着些许绿意。在故乡的怀抱里"野"

惯了的孩子都具备一个常识：红色的叶片一般来讲比较小，味道也是酸涩的；深绿的叶片总体来说比较大，汁液里伴着甘甜。

儿时的我喜欢在故乡的怀抱里体味那抹纯粹的温情。在初春时节，朦胧的世界通常会下起淅淅沥沥的细雨，像一首婉转悦耳的歌谣，神奇地从四面八方悄然而至。从茂密的山林里传来，自高高的山峰上传来，似拥有节律感的音符，只是没有确切的五线谱，因为那是大地的即兴曲。故乡展现的才艺，是我一辈子都学不来的。

断壁残垣间，一株野生的香椿正随风摇曳。再次来到乡里的我，在乡亲的引领下，用生疏的姿势蹑手蹑脚地采集着一株株香椿。那紫红的略带雨露的天然植物，是这片神奇土地的无私馈赠。大概是出于对久别孩子的深切思念吧，满怀热情的美丽故乡想要用这种特别的方式款待曾经在它柔和目光下痛快玩耍的孩子。

迎着熹微的晨光，在前面带路的大娘为我们拨开了好几层厚厚的野生灌木与草丛。我想起了：那些尖锐的杂草，曾割破过我的无名指，鲜血淌了出来。故乡的河用她独有的包扎功能为我轻轻拭去那清晰可见的血痕，那抹鲜血便伴着我心底甜蜜的疼痛与身旁落下的美丽的桃花瓣、烂漫的梨花瓣以及轻柔的紫白色无名花随清澈潺潺的河水漂向远方。第二天，淌血的伤口便渐渐结痂愈合了，长出了新肉。现年，早已不再年轻的大娘热情不减，她将我儿时的糗事缓缓道来，那亲昵的乡音真令人陶醉。我不禁化用了一句《清平乐·村居》里的词句，在心里慨叹了一句：醉里"乡"音相媚好。

一路上，大娘向我们描述着她的近况。听说她的爱侣在五年前去世了，我不禁黯然神伤。想起儿时的光景，那时颇为不解的事便是大娘呼唤远在田里劳作的大爷回家吃饭，从不呼他的名字，而是叫她女儿的名字小樱，小樱也从不应。后来才明白，那是他们那个年代为了"避嫌"特有的习惯。大娘唤小樱是唤"丫头"的。现在农村重男轻女的观念虽是淡化多了，但是谁又能否认这种温情不是一种爱的体现呢？

也许，故乡不是不知疲惫，而是在自然的演化过程中学会了不去计较那么多。她含泪包容了孩子们的一些"小瑕疵"，让祖祖辈辈的人们在她柔和的臂弯中世代繁衍，辛勤而幸福地栖居……

荡漾在故乡的温情里，是如此幸福。每当劳累时，就想想那旧时的光景吧！世事不是完美的，故乡也有一些流传下来的暂时无法消除的弊病。但不管怎样时过境迁，故乡的文化会不断被传承，伴随着骨子里的乡土情结发展下去。始终不渝的便是那抹温情，它会点亮你心中的光。你的心因为有了光的守望，而变得甜蜜，甜蜜地"糊"在心上，那么炽热，那么美好。那方土地上的人啊，如果生活吻你以殇，请怀揣那抹温情，忘记伤痛，报之以歌，好好生活。

女性之美

女性，这是一个温柔而不失典雅的词汇，每每提及它，我都感到无比荣耀，好像暖暖夜色之中亮丽的独特风景。

她会给成长中的子女以温暖的关怀和恰到好处的照料，为复杂的人世间平添一道靓丽的风景。

我眼中美丽的女性具有宽和的处事方式与真诚的待人之道。阅历使她学会处世却并不精于算计，因为心里溢满了柔情，所以她永远不会变得混浊世故。书籍感化了她的心灵，让她变得优雅从容。那抹书籍熏陶出来的气质，潜移默化地带给她善良美好与对生活的感念，使她不为世俗的纤尘蒙蔽双眼。

一个富有智慧的女性懂得感念人生，在了解了人生的真相后，愈发热爱生活。因为她懂得：在生命脱离了最初的懵懂与混沌时，便应学会付出与爱，那是让生活得以永恒的重要方式。当一个女子懂得珍视一切美好的情感，参透情欲欢愉的岁月时，她的人生才真正开始了。一个麻木不仁，充斥着不堪与恶言的人，她的灵魂是漂浮不定的，这种心理状态真让人胆战心惊。比起男性的巍峨挺拔，女子就像一条清澈潺湲的溪流一般，无所谓哪一个更优质，哪一个更卑劣，也无需比较。一直以来，我对于"两性平等""女权主义"的说法都是不屑的。在我看来，无论哪一种性别，都是上天的馈赠，都是人间的美好景致。所谓"美美与共，天下大同"，看似表达的是"皆美"则"大美"，殊不知"各美其美"才是一种妙不可言的和谐。一个文友曾对我说："没有结过婚，没有体验过十月怀胎的女人，是不完整的。"我对她这句话的理解是：一个健康的灵魂诞生于爱，因为形成了终其一生的情感需要，所以懂得了付出，在真正懂得付出的时候，你的生命才刚刚开始。一种生命历程中的广义的情感会促使你在生命终结前完成你的使命，为你的生活争取更大的价值与意义。女性心灵上的坚韧便很好地弥补了先天条件中柔弱所造成的不利的那部分。

一个有智慧的女性，不但懂诗，而且"懂事"。在婚姻生活中，她懂得忍让与宽容而不是隐忍与妥协。这样的智慧使她的生活变得充实且饱满。就像翠色欲滴的树叶一般，清晰的纹理与脉络中，渗着浓浓的汁液，那是情感的痕迹与灵魂的厚度。

因为女性与生俱来的感性与细腻，所以女子对于情感的感受更加真切，更加深入心灵。在女性的成长历程中，有太多的情感，难以描摹它是好是坏，但一定是在经历过渐次否定，于时光的阴影中成形的。那抹慈与悲，使得女性的美干净得像白玉兰花瓣一样，带着经久不散的醇香。最后花瓣飘落时才知：原来难以割舍的还是那刻骨铭心的逝去的过程。偌大宇宙，生死很薄。所谓难以释怀也不过是放不下的情，女性的无言之恼原来是把生死之间的琐事铺陈得太厚了，然而世事无常，生活与时间是流动的，于是有了太多的不忍心。

也许，女性本身也是美好的。因为女子能够发自肺腑地感受到"美"。哪怕是与自身擦肩而过的残忍，她们也善于聆听，那是一种多么美好的幸福！当沿着一个陌生的生命脉络向深处追溯，每个人灵魂深处的共鸣便会激起内心深处缓缓流淌的血泪，进而缠绕在肉里，装饰自己的人生，也点缀着别人的风景。女子就像美好景致里那几朵铿锵玫瑰，于时光荏苒中彰显价值。

　　我的标签也是女性，我以之为傲。至于"美"，那是一种需要长期修炼才能达到的境界。我的想法是：首先你的内心应该为自己带来美，然后留下一些选择的余地，去选择符合美的"美"！

乡野随记

　　"生如夏花之绚烂，死如秋叶之静美"，我想，这是对生命最好的诠释。

　　趁着假期的大好时节，我来到明媚的乡间，去感受这一路的旖旎风光。这种身心的惬意是栖息在喧嚣世界的感动之处。这是一个未经玷污的纯洁世界，远离纷繁嘈杂的多彩人间。世上处处不值得，但眼前的美景万般值得。

　　在阳光下行走，当泪水干涸时，我发现远方刺眼的阳光其实很温和。曾听过一句让我信服不已的话：太阳总会在纯净的人世间升起，月光也总是会在善意的人间皎洁。就像水一样，经过纯净的过渡变得鲜明而深刻，顿时波光粼粼，水光潋滟，闪耀着永不磨灭的生命之光。的确，"人间需要一种明亮而不刺眼的光辉，一种圆润而不腻耳的声响。"不是需要，是太需要了！并且，人们还应像那灿烂的花海，用浪漫点缀生活，似那常青的松柏，用自信展示风采。这样，生活就不仅只有那些功利的激情，还有诗和远方的风景；时年就不仅只有工作的干瘪与乏味，而且存在最美的清欢。

　　就像郁可唯在《路过人间》中所唱："世上唯一不变／是人都善变／路过人间／爱都有期限／天可怜见／心碎在所难免"，因为是尘世中的人啊，人间教会了人们"难得糊涂"，否则不但会失去友善与仁爱，还会身心俱疲。所以"醒过来／你很好／她也不坏／快快抹干眼泪／看昙花多美／路过人间／无非一瞬间／每段并肩／都不过是擦肩／曾经辜负哪位／这才被亏欠／路过人间／一直这轮回／幸运一点／也许最后和谁／都不相欠／都不相欠"。

音乐煮文字，美景配心情，着实让人感动，发自肺腑的感动。确如歌中所唱，我们每个人都是路过人间不过几十年，说长也长，可以做很多务实的事；说短也短，比起三十年河东三十年河西的岁月，简直是微不足道，就像东坡居士在《赤壁赋》中所说的"寄蜉蝣于天地，渺沧海之一粟；哀吾生之须臾，羡长江之无穷"，那是古代文人矜而不争的大智慧。所以，漫漫人生路，且行且珍惜吧！请学会善待每一个值得你善待的匆匆路过彼此生命的人，不要让"梦醒，忆碎，物是，人非"成为过来的忏悔，要让"你若安稳，岁月静好"成为彼此的祝福和祈愿。毕竟，情感它只是一个承载心意的载体，它是无罪的呀！

夜深了，窗外又下起了绵绵细雨，似乎柔和又尖锐。那洋洋洒洒的雨丝，如同一根根极细的针尖扎进我的心里。那柔软的雨水，刺痛了我身体里柔软的部分。在乡间的一个屋子里，我翻着原本害怕自己无聊而带去的《我们仨》。这本字里行间弥漫着温情与悲恸的书正符合我彼时的心境。"我一个人思念我们仨""愿我们这辈子只有死别，再无生离。"每一句都饱含深情，谦逊朴实，令人感同身受，让人为之动容。希望我们能好好珍惜身边人，趁热情还在，趁心灵还未起皱，趁还未在风烛残年里遗留深深的念想，趁还有时间，还有机会……

"世间好物不坚牢，彩云易散琉璃脆""人间不会有单纯的快乐，快乐总夹杂着烦恼和忧虑，人间也没有永远……"读着读着，我的眼里已噙不住泪水，它滑过我的面颊，消失在那漆黑的天幕之中……

当年意

时光清浅，岁月无痕。冥冥之中，还有一抹残存的记忆。那是关于高中时教过我的一位数学老师的……

我高中的数学成绩很差，数学这个学科在我的脑海里恰似一座孤岛，好像没有一条脑回路与之相连过。直到现在，午夜梦回，那可怕的梦魇里全都是中学时代数学课本与练习册上那些晦涩难懂的代码与几何图形。在被课业填满的青春里，那些数学书上的空白页面被我写满了无限遐想的文字。

充满青春气息的高中校园，有一条长长的走廊。走廊两侧的树在阳光下投射出斑驳绿茵，一点一点的，煞是好看；如果恰逢梅雨时节，高大的梧桐旁烟雾缭绕，就像身处仙境一般。

当时的班主任总是喜欢向我们分享一些励志的心灵鸡汤和一些动听的英文歌曲，让我们好好珍视自己并不漫长的学生时代。可当时的我们总是不屑一顾，总觉得：天，还长着；地，还久着……我们永远正值青春，韶华永不老去，归来仍是少年！所以，她那番语重心长的话，我们也总是左耳朵进右耳朵出。

但是，在一节数学课上，我们却懂得了很多。犹记得高中的数学老师姓游，因为他名字的最后一个字是海，于是班上思维跳跃一点的男生都亲切地称呼他为海哥，他也愉快地接受了这个称号，丝毫没有介意。

九月，教室窗外那棵梧桐树的落叶随风飘舞，就像枯叶蝶那样随风而逝，枝干却始终笔直挺拔。再看看教室里正认真讲课的他，精神状态并不是很好，但却总是饱含激情，满是精气神儿。

有一次上课，他看到几个学生并没有认真听讲，也没有记笔记，而是在下面写一些与课堂内容无关的文字。只见他走到了班上一个性格内敛的女生座位旁边，她似乎并没察觉到。这时，她的同桌用胳膊肘使劲捅了一下她，她才如梦初醒般抬头望了一下，继而把正在写的东西迅速藏在课桌抽屉里，低下了头，她的脸也一下子涨得绯红，牙齿紧咬着下嘴唇，似乎在思量着什么……

这时，正在小声议论着什么的全班同学倏然安静下来，都以为他会火冒三丈、怒发冲冠。但令我们惊讶的是，他只是淡淡一笑，然后返回讲台，捋着他那短短的胡须："看来有些孩子比较喜欢语言文字类的东西，语文一定很好，长期坚持下去一定会有所收获。游老师当年的语文成绩就不好，对一些文字类的东西不甚敏感，我觉得这是一种不可弥补又让我无能为力的遗憾。"他轻拿水杯，抿了一口苦荞茶，又缓慢地补充道："但是，数学也是一门必修课，如果游老师可以修改高考制度，我就会让你们选学自己喜欢的学科，避开那些你们不敏感而又讨厌的科目，但是老师也没有办法，老师做不到这些。当年，我也是这么经历过来的，我能深切体会你们的感受，所以……请你们尊重一下我的感受好吗？"

或许是源自一种无奈，或许是因为一丝深切的同情，教室里瞬间又安静下来。那节课剩下的时间，我们这些文科生仿佛都被他娓娓的讲课声吸引住了，时间仿佛被一块柔和的坚冰凝结住了一般，化为永恒。

他，虽不是我们的班主任，但有时也会给我们讲一些人生道理，很多"经典"语句都出自他口，比如：世上从没有圆满的人和事，人生从不要苛求圆满，那样只会伤到你自己。再如：无苦难不辉煌。相比其他老师教育学生"熬过高中，你们就获得了新生，迎来了辉煌"之类的话，我觉得这位游老师的教诲让我一生受用不尽。的确，竭泽而渔是没有未来的，唯有站在长远发展的角度去思考问题，才不至于迷惘，失去方向感，以至于感到人生无望。

是的，这位梧桐树般的老师用自己的方式保护了我们的青春岁月，同时也教给了我们：生活中，有时要审时度势，有时要学会隐忍与宽容，并学会用仁爱去感化他人，用友善去温暖他人。明白在身陷困境时，应怎样给自己暂时的安慰；在一帆风顺时，又该怎样给长远人生一个满意的答复。

很多年过去了，我们都长大了，有了自己独立的生活。忆往昔，多少年华，都随欢声笑语远去。彼时不明白的是：无论外界是否关注，我们都会一如既往地野蛮生长，或顽强或不堪，时而孤身前行时而相互扶持，但其中的酸甜苦辣只有我们自己才知道，幸福的过程也要靠自己的脚步去丈量，就像当初听过的那句话一样真实："学业和前程这是目的性、价值性很明确的事情，不理性、未成熟都是无法勉强的。"我肯定自己已经忘记了很多，但唯独对当年意情有独钟。

来世，我想成为您

　　来世，我是多么想要成为您，我亲爱的母亲！每当，时间聚拢一堆堆泛黄的落叶，世界变得萧条之时，您的生命仿佛也因失去水分而皱缩，如同蜷缩的粗糙手掌，那干枯的岁月便昭示着无情流走的时间。那一刻，我多么想让岁月翻篇。来世，请让我成为您的母亲！

　　每当您抚摩着我湿润的发，或是在我对世事感到惶惑不安时，在熄灯后的黑暗里忘情地拥抱我，我是应该感到幸福的，因为有人牵挂着我。被想念、被情感羁绊不应该成为一种负担。来世，请让我成为您！我想：如果我是您的话，也许未必会有您那么称职。我会带着一种矛盾的情感，每天为您准备好一份清淡而又美味的早餐，我做的并没有那么好。我也会害怕遭到您的不理解，或许我也会控制不好对您生活的涉入程度，无法把那相处的界限把握得恰到好处。站在理性的角度去看待感性的生活，我心里的天平也会失衡得厉害吧！

　　如果世事能够轮回，那么我想您会在家里播放三两句小曲儿，《一帘幽梦》也许会是您的首选。"窗外更深露重，今夜落花成冢，春来春去俱无踪，徒留一帘幽梦……"流水般的旋律汩汩而出，凝滞的空气也被音符推开，涟漪一般地荡漾开来。伴随着那缠绵悱恻的旋律，结合着那情真意切的文字，正值青春期的您脸上满是胶原蛋白，春娟宝宝霜那沁人心脾的香气萦绕着您的青春。您笑意盈盈地蹦跶过来，而我就在您身旁，与您一同畅聊情感与文字，分享美好的生活点滴，听您诉说某个异性的好，某个老师的优雅气质及幽默风趣。

来世，请允许我成为今生的您，给我一个重新认识您却不刻板定义您的机会，去见证您丰富多彩的内心世界！我会尊重您的兴趣爱好，就像如今的您尊重我喜爱文字的微妙心绪一样。我知道，您学习的天资并没有那么好，不是传统意义上的学霸，但也并不是没有成功的机会。我会告诉您，合法的职业选择有千百条路可走，而一个人一生的时间与精力都是有限的，所以很多时候擅长的事物能为今后的职业提供更多参考的可能性。但是如果在一条路上走得太累了，那么便要学会取舍了。无论是多么会学习的人，最终的发展方向一般也只是在某一个领域，只要企盼的终点与他人相差无几，便不好用一个单纯的评判标准去衡量一个人的价值。毕竟，一个人的成熟，是无法勉强的。越界管理这种过度勉强的行为，便成了矛盾的开端。

来世，让我成为今生的您！我会趁假期教会您打理妆容，以便给以后职场上的工作伙伴留下更好的印象。最重要的是，这样可以取悦自己！让我们携手逛街，亲如姐妹，营造一种更加和谐美好的亲情氛围。

来世，让我成为今生的您！请不要拒绝我对您忘情的拥抱。我想：就像干枯的叶需要水分的滋养一样，每个人都需要他人的情感关怀。拥有利他之心，懂得对外给予，也是活在人间的幸福之处。如果有一天，没有任何一份情感能够让我牵挂，使我惦记，令我心碎的话，活着也便没有任何情感寄托了，那内心也便真的老了。所以，我学会使内心丰盈饱满，也学会包容您那特别的"小癖好"。因为细水长流的情感来日方长，没有谁会是完美的，所以在黑夜到来或是我已两鬓斑白时，不要吝啬双方爱的亲吻与拥抱，学会感受拂过脸颊的风与掠过肢体的温度，便同时拉近了我们灵魂的距离。直到有一天，细胞走向衰亡，便只能感受到无力与愧赧了，那该是多么令人心痛啊！

　　来世，请让无以为报的我成为您！让我们一起度过漫长却又短暂的岁月，然后再渐渐放手。但首先，我们应从珍惜今生岁月开始，这样便能带着感动的心情出发，一起赏遍花开花落花无语，云卷云舒云落幕，燕来燕过燕无痕，情深清浅情难再！

观友有感

可能，人会迷茫；可能，树会枯黄。可能，万事不会皆如意，但我只渴求心如淡波惹细水，眼中装月映山峦。

人与人的相遇，是偶然，也是必然。蓝天下没有一只羚羊孤身奔跑而不畏前途。每个人都是来自世界的选择。而人与人的相遇，是一种相吸，也可能是一种相斥。我时常会想，人如枯木，又恰似脉络不一的叶片。也许，人们不会一直惺惺相惜，也不可能存在恒久的理解与包容。而这树叶金黄之时，也是生命苍白之日。人的伟大与幸福之一，便在于不惧秋风萧瑟，也愿化为春泥以育新生。人与人之间，就恰似平凡的草木，春生夏长，秋收冬藏。此去经年，便只余春泥了。

人与人之间，是情，或是利？你会说：伯牙子期，且为知音；高山流水，断琴绝弦，岂不为知音？而我却要发问：何为知音，何为挚友，或何为亲人？有意之人将以星辰与明月相喻。我却眼见那月为凄冷，星为浊尘。我不羡伯牙有子期，管仲有叔牙，只愿相遇之人，亦亲亦友，可为相敬之人。自古常道：以真情换真心。可世界何处寻情？与何人换来？人以情为绪，绪以导为形。人被情绪左右，而其友尽为受落。

东坡谪居草堂，虽缩衣紧食，但与安石交好，过往政治风波已成过眼云烟，功名利禄已被鸟语花香取代，眼前只有山水相逢，二人相知。再次于乡土山林相聚，二人追忆当年明争暗斗的朝廷岁月，都感慨时光匆匆，那时的隔阂与矛盾都随着安石的隐退不复存在。朝廷还有新的党派争执，但对于早已不在朝中做官的二人来说，一切都宛如过眼云烟。东坡虽于安石住处停留不久，便再次踏上仕途，但，活在当下，暂且放缓脚步，又何尝不是对那份忘年情谊的珍视呢？"谁怕？一蓑烟雨任平生"是东坡豁达通透的人生态度，也是对老友的相敬相贺。此为"至交"，故友谊也可不畏功名利禄。

且看，秋意渐浓，秋叶昏黄。愿无言的承诺浸透岁月时，益友伴我，且歌且行，一起感受踏雪寻梅的诗情。昏暗之时，心怀明灯；雨落之时，眼泪成诗；雪落之时，白雪可映衣衫绯红；风过之时，花雨落，浸锦之绣如绸。盼世间无以钱酒为价论英雄。青莲曾作"暂就东山赊月色，酣歌一夜送泉明"，山川不为界，君落山川之暝，山河可踏破，破而映君容如霞。望思君之时，春暖花开，杨花正盛，潭水静流，子夜如墨，残月如梭，映万家灯火。

友为益，益友更为佳。愿来日与友一书一香茗，畅饮观花雨飘落。这样的朋友，是知己，总是以他悲壮而绚烂的人生感动他人。交友若如此，人生便处处开满红艳艳的花朵，无比美丽。该分手时分手，该重逢时重逢。这样的关系比水更淡泊，比酒更香浓。惜缘即可，不必攀缘。

冬 季

冬季，在南方人的心中，大概已经被误解得太深。北方的冬季，有雪。所以，冬的到来，尽管让北方人唇寒齿动，但雪的诗情画意外加屋内暖气的加持，一切都显得妙不可言。虽然我也是一个南方人，但是在我看来，冬是一个难得的"公正"的季节。

历史上，无数的文人墨客皆为冬天写下了赞歌，他们都极力渲染冬的美景。冬迷人的魅力使得他们跃然纸上的笔墨也显得毫不吝啬。与冬表面的坚冰不同，文人心中那仅存的清高自恃也瞬间融化于湿润的柔情之中。

冬天就像一幅脱俗淡雅的水墨画一样，在人们的眼前慢慢晕染开来，那颜色是多么纯洁，线条是多么明畅。似乎是老天在警示人们不要沉溺"名利场"，那抹鲜亮的冷色调竟让我想起一位窈窕淑女，她身着白纱，带着那幅曾无数次出现在梦中的优美的画，迈着轻盈的步伐，悄悄降临人间。那梦乡的情景，竟也缥缈得那样真实……

"忽如一夜春风来，千树万树梨花开。"冬悄悄地来了，在我的不知所措中到来。冬风吹过了树梢，带走了碧绿的叶子，留下了枯枝与落叶。冬风吹过我的耳边，我仿佛听见了生命正在呢喃。

冬啊，你不像春天一样百花争艳、芳香宜人，也不像夏天一样阳光四射，许多生灵在歌唱，也无秋的硕果累累。但你清冷的秉性是无辜的。很多时候，为了让人们忘却对你的偏见，只好让梅来点缀你的淡雅。世间的名利场与生命原始的不如意曾多少次用恶毒的言语诟病你，你也伴随着太多源于不同年代的孤独岁月，陪同人们走过那一季有些不同寻常的光景。于是，你用轻柔的言语诉说着各种各样明显的、细微的、强烈的、温和的痛苦。你历经了太多的岁月变幻，所以你眼中世人的一生是极其短暂的。人们把一些当下难熬的岁月称为压抑、孤独，对此，你并没有批驳，只是用那既陌生又熟悉的薄雨暗示着什么，那场雨总是侵蚀着人们的感觉、渴望以及即将入梦的一切。

　　冬有一个伴随她若干年的朋友——梅。梅是中国十大名花之一，与兰、竹、菊一起被称为花中四君子，与松、竹并称为岁寒三友。在中国传统文化中，梅以高洁、坚强、谦虚的品格，给人以立志奋发的激励。在严寒中，梅开百花之先，独天下而春。梅花，是一种耐寒的落叶乔木，花则为五瓣，颜色以红色偏多，还有白色和粉红色等多种颜色。在冰封大地、寒气逼人的冬日，透出一点点红色，仿佛是一朵朵小火苗，一丝丝芳香弥漫在空气之中，沁人心脾，驱走了寒冷，赶走了哀伤，仿佛一切的不愉快都消失在严寒之中。

　　北宋诗人王安石所创作的《梅花》："墙角数枝梅，凌寒独自开。遥知不是雪，为有暗香来。"写墙角梅花不惧严寒，傲然独放；写梅花的幽香，以梅拟人，凌寒独开，喻品格高贵；写暗香沁人，象征其才气横溢。亦是以梅花的坚强和高洁品格喻示那些像诗人一样，处于艰难环境中依然能坚持操守、主张正义的人。全诗语言朴素，平实内敛，却自有深致，耐人寻味。

　　冬，有一种不张扬，不爱表现的内敛美，亦不乏一股天地韧性。她不依附任何身外之物去彰显她的价值。冬就好似一个浑身散发高贵气质的素颜女子，明净清澈的她习惯与淡如水的君子话世间万物。她洒然闲逸，居于陋室，仍自风雅。其情其心，婉约自然，不惊动人世。现代浮躁的气息，使得一些人整日沉浸于珠宝玉石，专于世故人情，忽略水光山色，也失掉了妙乐自处，物我安然的"静"。无可厚非的是，商业的运作方式能够满足人们强烈的虚荣心，然后发挥出最大潜力，也是市场经济的正当选择。但那种一会儿被高高捧起，倏然间又被重重摔下的"名利场"，真的就那么值得让众人以迷失自我为代价对其魂牵梦绕吗？

　　这个道理，自然界早已告诉了我们。它创造了繁盛与热烈，也间接昭示了一种恒久的价值。它创造了冬，创造了那种长远一点的"好"。既积极"入世"又明哲保身还洁身自好之处世意向，无论人们以何种方式存在于世，其真谛也是亘古不变的。

沉扣灵魂，蕴知醇香

借一盏清茶，茶叶与平淡的开水相遇，茶叶在水中尽情舒展自己的身体，随着淡淡的水波摆动，好不惬意。须臾，清水渐渐漾出茶色茶香，而茶叶也浸润其中。半晌，茶叶沉淀杯底，自然舒展，波澜不惊，而茶水，也有了沁人心脾的芬芳。

茶道的高低来自于灵魂深处的修炼，底蕴厚重、纯粹优雅的品质，才能散发着茶的清馨和幽香。茶品的魅力和气场，源于心灵深处的素养，淡泊名利、宁静致远，躬身自谦、海纳百川，润泽生命、充满智慧，才会有正能量。

茶性真正的高贵，不是昂贵的价格，更不是高傲尊贵的身份，而是"德为至宝用不尽，心做良田耕有余"的修为，一颗高贵的心和财富无关，只和内心的纯净相连。真正的格局，不是名列第几，不是有几首古典诗词提到了你，那好比庸人没有洗漱就施了粉黛。品味茶香的自律和纯净，要怀一颗素心，让茶色在平凡中超越，让茶魂在修为中沉淀！

茶的世界里，要学习水的包容，不要放纵自己的无知，更不要把无知建立在"个性"的基础上，伤害别人，制造垃圾，用那几个少得可怜的汉字，强行伪装自己的修养。

茶的修为不难，或山登绝顶，或海到无边……无论何种修为，强求是伤害。茶和水彼此包容，方能有人捧你在手。

如果将人生比作一盏清茶，那么浮沉几许，便是弹指一生。我们也如那一片片茶叶，浮沉几许，终归沉淀，才能品出人生滋味。如果浮躁轻狂，那么终究是随水波舞动，只有积淀，才可炼出浮生之味。

远观往事几千年，石破天惊之作，无不是大家呕心沥血，苦心孤诣而成。曹雪芹带病撰写《红楼梦》，"批阅十载，增删五次"；司马迁忍辱负重，为生而"重于泰山"，饱经十三年风霜，编写鸿篇巨制《史记》；马克思为实现人类理想的社会，与恩格斯历时四十年创作《资本论》；歌德更是六十年笔耕不辍，才有了巨著《浮士德》。古往今来，无数大师皆在岁月的打磨与沉淀中，叩问自己的灵魂，拷问时代的风霜，一点一滴地积累，才创造了不朽的奇迹，才沉淀了时代的一盏好茶。

因此茶的味道，不是因为你任性才能得到提升，而是悟出了禅念才有可能得到，茶性关键在品，"非淡泊无以明志"就是这个道理。

反观现代社会，快速发展的信息科技使我们变得浮躁，变得急功近利。5G 时代势不可挡，速度仿佛已经成为这个时代的潜台词，"某某速成班""某某催肥素""催生素"应运而生。我们一直在学习和提升自己，但"一万小时工作法"告诉我们，学一项技能只需要二十小时，而技艺纯熟则需要成千上万个小时的打磨。

因此，在某种状态下，放慢脚步，不仅不会被时代淘汰，相反，你会走到时代的前沿。

一轮紫檀木，需要千年的风霜雨雪才孕得；一盏清茶，需要茶与水的碰撞，需要冷与热的煎熬，积淀了时间，才会香醇。而我们，别走得太快，相信此刻的积蓄会迎来时间的沉淀，岁月的香醇。

"碰"出来的缘

"人与人之间的缘分是'碰'出来的，不是刻意寻找到的。"有一次我感物伤怀，向艳诉说我悲伤的心绪时，艳回了我这样一句话。

艳是我最喜爱的语文老师之一。她整个人散发着文雅的书卷气息，"胸藏文墨怀若谷，腹有诗书气自华"是她给我的第一印象。

我不是一个擅长交往的人，可能是因为与身边人建立起情感链接很困难，内心又比较敏感，害怕外界尖锐的利刺，我就习惯于把自己包裹起来，以免过多受到环境的影响。

那天晚上，我的心情似撕碎的夜色，一阵阵冷风吹进了我单薄的身体，嘴角的咸味不禁使我打了一个寒战。在"星隐曙空残""人行湛露寒"的冬日，我与她相约走出校园，我向她倾诉自己"悲喜不形于色"的压抑。在远离人群的道路边，我的眼泪终于决堤了。

我想让自己的情感有一个倾诉宣泄的渠道。但，我又是如此害怕自己的情绪影响到其他人。没料到，她竟只是淡淡一笑。她的眼睛很清澈，透着满满的真诚与善意，她的眼，如秋水，蕴藏着她良好的内在修养；如繁星，对他人的情绪保持尊重与理解；如宝珠，似乎能把一切欢喜与悲悯传达给他人，使灰暗的心焕发生机，使干枯的植物变得翠色欲滴。她眨眨眼，就有"一寸秋波，千斛明珠觉未多"的美好。

无论我对她说什么煞风景的话，她的神情总是那么自然，就像她随性的生活态度一样。既不会让人有太多的压力，又不会让人感到有面对师长的局促不安。

"人与人之间是有磁场的。你是什么样的人，就会吸引什么样的人。如果偏偏要去苦苦追寻，最终反而只会求之不得。最终还会扰乱原本正常的生活轨迹，那是得不偿失的。"她在思索时，习惯性眨眨眼。这让我想起了"水是眼波横，山是眉峰聚"的铺垫式的景物描写，我知道这是一首表达离别之情的诗，但是从另一个角度去联想，我似乎想到了"智者乐水，仁者乐山"。"这个社会，其实是很现实的。当下的大环境决定了能力才是最重要的，而情感仅仅作为次要因素。如果单单依靠情感去获得成功，反而很难。求人不如求己。向外张望的人价值观是极度缺失的，情感也是永久匮乏的。唯有向内审视才是成熟与获得幸福的唯一方式。老师送你一句话：坚持独立，自求多福。"她向我讲述着养成独立与健全人格的重要性，且并不避讳一些现实因素。她这番语重心长的话语让并未走入社会的我认识到了现实的两面性，并在不诋毁他人看法与价值观的前提下建立了自己的价值体系。她让我懂得：我们的生命中既有阳光与温暖，也会有欺骗以及有悖于自身价值观念的人群与事件。如果深层次地思索便会发现，负面偏激的情绪只会使自己也变得低俗，而把自己禁锢在情绪中一味去寻求他人的理解也不可取，你无法要求每个人岁月的章节都与你如出一辙，所以要学会合理化解，才能更好地融入生活。

她与我分享过她的理念：周末要为生活与工作画一条清晰的界线。非特殊情况周末不提学校之事，要学会为生活留白，让心绪放空才能更好地投入下阶段要做的事中。她不仅自己在践行，对身边的一群大孩子也这么做了。我不禁佩服起她的教育理念，由衷赞美她渊博，她却觉得渊博不应随便运用。她用谦逊的态度告诉我：人的一生都在不断求索，任何一门学问都是研究不透的。所以要用学无止境、学海无涯的敬畏之心去对待知识。

她很喜欢《小窗幽记》中的一句话："闭门即是深山，读书即是净土。"的确，在平凡生活中用心实践，从书籍中品出真味，其实也算是一种境界了。

引用艳的说法，她也是我无意中"碰"出来的老师。我也很珍视这"碰"出来的缘分。我始终相信，青春中的很多"小确幸"，并非一定得贯穿整个生命的时间轴，只要价值深刻，也是一种阅历的见证。

心兰相随

　　走在一条僻静的乡间小路上，看到绿树掩映着几朵清纯的兰花，我不由得放慢了脚步，耳机里播放着一首名叫《心兰相随》的古典轻音乐，我的心顿时回到了高中时代。

　　在我模糊的记忆里，真真切切地记得高中校园里一条长廊的花径上开着几朵兰花，虽是隐秘的几朵，却繁茂了我空虚的心，使空气中弥漫着一种久违的轻松和惬意，那种美好的感觉，让我在繁重的学习任务中有了发自内心的愉悦与欣喜。那时的广播里偶尔会播放那首让人恬淡舒适的轻音乐。

　　当时特别喜欢一位名叫兰的语文老师，她的品性也像兰一样高洁，她的骨子里有一种为人师表的气质，她善良且勤于进取。她特别爱在学校的花径上散步，她说这条花径承载着她青春的厚度。

　　有一次，我有一些烦心事，到花径长廊上去排解迷惘与消沉，恰巧看到了她。漫步于花丛中的她，让我想起了《紫藤萝瀑布》里面对人生困境也从容不迫、昂首向前的宗璞，心中似乎有些释然。我走进长廊，仿佛置身于梦境一般。只见兰向我走来，她的发丝随风轻扬，有一种"面朝大海，春暖花开"的美好。这时我的鼻端似乎嗅到了随着风的节奏，轻轻拍打岸边礁石的海浪裹挟而来的淡淡的兰花清香。

　　我具体向她倾诉了什么，大部分已经忘了，也许只是一些有关青春的情愫与微不足道的小事吧。

"人这一生会遇到很多烦心事，重要的是要学会与自己和解。你要记住，在漫漫人生长河里，并不是一定要与每块礁石都相交，那些擦肩而过的人，不应让他们过多地干扰你的生活。人的精力是有限的，在不同的人生际遇中，观赏到不同风景，你会明白，诚实地面对自己，才是你应该去遵循的人生准则。一个人，只有勇于'中流击水'，才会有'浪遏飞舟'的可能性，如果偏离了航道，就会变得不再快乐。"兰如是说。

顿时，我仿佛看到了一个清凉且清新的世界。喧嚣浮躁的心缓缓沉落，沉落到那遥远而缥缈的境界里。有一种无法言喻的莫名情愫，如一条蜿蜒曲折的小溪，上面漂着片片花瓣，那浅浅的几瓣花随着象征高尚与清廉的溪流远去。虽没有波澜壮阔的磅礴气势，却也悄悄寂寂而又细细碎碎地一路流淌，潺湲于美丽的岁月之中。

我在记忆深处搜索着关于她的一切，终于想起了更多的细节。

记得上中学那会儿，我去她所在的办公室问一道阅读题的解答方法，我轻手轻脚地走进办公室时，发现她并不在。她的桌上端正地躺着一张崭新的信纸，上面写着几行娟秀的字迹：

> 伊伊，妈妈从来都不是一个好妈妈，很多时候我是爱你的，但可能方式有些欠妥。其实我一直都很担心，你的成长路上有一段时间妈妈缺席了，以后妈妈会更用心的。伊伊，你这么大了，也应该学着照顾两个小妹妹，很多事情应该让着她们。我还记得，你在上小学一年级时，递给了妈妈一张明信片，那时的你对我充满感念和体贴，你用歪歪扭扭的拼音表达了对妈妈的关心，让我在忙于工作的同时注意身体。那时，妈妈的情绪再也控制不住了，顿时

泪如雨下……现在的你，是怎么了呢？

啊，我竟然偷看了兰未竟的信，那时的我做贼心虚，慌忙逃回了教室。

彼时的心境，犹如一股表面平静的清泉，轻轻柔柔地淌过内心，雾雨如烟，轻幻似梦，恬美静谧，祥和安宁。实则已经暗涛汹涌，颇有一种"银瓶乍破水浆迸"之感。感念、敬佩、愧疚等情感涌上心头，五味杂陈。

那天中午，我接到父亲临时打来的电话，他在那边告诉我：他和母亲要下乡，让我一个人安排自己的午饭。最后一节课是语文课，放学后，兰注意到我不自在的表情，忙问发生了什么，我告诉了她家里临时发生的事。

她笑笑说："如果你觉得孤寂，就去我家吧，但是我家吃得很清淡很简单，不知你会不会习惯呢？"

不知怎的，我竟冒昧地答应了。她家的装修简约而朴素，像极了生活的本质。

原先以为，像她那样优雅知性的女子，家里的装修是中西合璧的镂空椅，古朴典雅的亭台楼阁与露台桌上的一杯香茗。

后来发现自己错了，这种回归本源，深入本心的真实，才是最好的家的模样。

现在想想，那一份原先以为的波澜不惊，实则是一杯沉淀的兰花茶，不似激情四溢、春潮般的起伏动荡，却如绵绵秋水般洗练而意味深长。岁月沉积下来的一种知性与安静的和谐，有燕尾剪春光的明媚，亦有些大漠孤烟的落寞。

这是一个如兰般的普通女子，她用一丝不苟的职业操守维系着平凡的生活，但她同时也是一位不平庸的人，因为她是我心中的小确幸，始终散发着细细如缕的暗香，她把这种灵魂的芬芳注入我们急需滋养的心灵，潜移默化地引导我们寻找到属于不同个体的正确的价值取向。

兰用她的言传身教让我懂得了一种宠辱不惊的人生态度。有了这种心态，就能对很多事情泰然处之。

别人对我客套，我会有自知之明，不会被虚无缥缈的浮名所累；别人对我指责，只要不是恶意为之，我亦不会暴跳如雷，而是耐心倾听。

成年人的世界有很多名与利，但我愿在内心深处某个角落保留一份不被世俗玷污的澄澈，回归原点。兰用自己的智慧诠释了生活的真谛：融入而又不随波逐流，是一种很好的人生态度。

兰很安静，很含蓄，还很耐读，是一直以来为我指点迷津的引路人，也是我的良师益友，她是一个如兰的女子。

耳边还响着那首熟悉的《心兰相随》，眼里却已饱含深沉的泪水，脸颊是干枯的河道，淌过的是难忘的心灵之水；眼前是兰花几朵，心中是和你遥望的深情……

调解的艺术

现代人的生活节奏加快了，很多矛盾与纠纷也纷至沓来。矛盾是解决不完的，对一些心理素质过硬的人而言，一些积聚在心里的矛盾也许会成为前进的动力，一些矛盾即使不去解决也不会影响他们的正常工作与生活。很多成年人都是带着矛盾生活了一辈子，随着阅历的积淀慢慢也就通透豁达了。而有些矛盾则需要进行调解。

调解不同于汇报公务，它是一门综合的语言艺术。那么怎样沟通才最有效呢？

很多人会选择"就事论事"，这样做的理由是"对事不对人"。这种方法无可厚非，有一定的针对性，但同时也有无法避免的局限性。众所周知，人会随着周围环境的变化而选择趋利避害。有的人也许能够区分"世故"与"成熟"这两个概念，他们明白，"世故"的人通常会更多地为自身考虑，历经沧桑会使他们变得圆滑多疑，所以避重就轻的程度就会偏重一些；而"成熟"者自然是一身正气，世事坎坷不仅不会让他们迷失自己，反而让他们回归生命最原始的状态，海纳百川的胸襟，使他们变得无所畏惧、圆润通达，对世事避重就轻的程度自然也就轻一些。

索性就从一个"情"字出发吧！对于脚底飞沙几十载的人来说，从自身的经历与见闻中慢慢感悟，倒会"逼"出一个真字来。

所以，我们需要放下对事物过度理性、实则感性的审视目光，借由情感走入人心，走向生活。曾在书中看到过这样一句话：审视他人，更是在审视自己。"审视"会让我们习惯于生硬地分类，给自己也许都不理解的东西贴上标签，这对自己和对方都不公平。

所以，我们不妨从更加宏观的角度去看待一件事，从定势思维中跳脱出来，去见识更广阔的天地。一位知名杂志主编说过这样一句话：触达本质，需要的不仅仅是力气，还需要敏感、丰富的内心，当世间万物如潮水般席卷而过时，真正的艺术家能够感知到万千潮水中，那些微弱的呼号的声音，那些巨大的掉落的声响。对壮观的抒写，是每个人对生活的感悟，这就是尘世的幸福。在壮观中感受到那些个体的痛苦和伟大。

所以，在调解一些纠纷与矛盾时，不妨试着去了解每一个当事者的性情与特点，这样才能更好地去判断每个人的态度与秉性，从而使调解达到最佳效果。要知道，一个经历丰富、富有智慧且善于言谈的人不仅可以运用一些调解的艺术去解开他人的心结，同时也可以彰显自己的价值。在丰富自身见闻的同时，也更好地审视了自己的内心，丰富了自己的精神世界，学会用气定神闲的微笑，宠辱不惊的淡定以及风过无痕的从容去面对人生！

令人窒息的情

问世间情为何物？直教人生死相许！

——题记

一提及"情"字，很多人便会想起男女私情。但在我的观念中，"情"体现的可能是一种广义的爱，也可能是一种狭义的"恼"，正所谓"多情总被无情恼"。

近年来，轻易了结自己生命的事件在现实生活中频繁出现。一个女子在情场失意时，不顾倾盆大雨从护城河边翩然坠下。在决定选择自我解脱的道路时，她是否真的已经厌倦了一切美好的事物，难道湍急的水流真的能够洗净她所有的冤屈与怅惘吗？当一个青春少年忍受不了成长中的苦痛，怀着偏执从高处纵身一跃时，他是否考虑过生养他的父母的感受，是否用心去想象过当初母亲十月怀胎时的艰辛与一朝分娩的喜悦？当一个不施粉黛亦倾城，正值桃李年华的女子在手腕上留下道道血痕时，她是否想过"爱情诚可贵，生命价更高"的人生真谛？

我不禁反省：如今这个社会，究竟是怎么了？在以前那个缺衣少食的年代，人们即使是咽树皮，吞泥土，吃野菜度日，也有强烈的生之信仰；而如今，物质条件愈发地好了，为什么会出现这么多沉重的事件？也许，这不是一种退步的表现。因为，太多的人在物质上得到了极大的满足，而精神世界变得荒芜起来。人们不用担心温饱问题，便会把更多精力放在心理建设上，这是社会发展的体现，并非表象上的退步。

在绚烂的雨季后，我听到一声声悠远而悲怆的蝉鸣。顺着鸣叫声走去，我看到一只在窗户夹缝中反复寻找出路的鸣蝉。那执着坚持的模样叫人动容，因为它在尝试撞击窗户的方法多达几十种后竟然"初心不改"。但它只要稍微拐个弯，旁边看似逼仄的缝隙就能通过，便不用再如此声嘶力竭……

我想：人也是一样吧，无论在哪一个领域，总得去不断尝试不同的思维与方法，灵魂才不会变得干瘪。我们要学会为每个微妙的美好瞬间下不同的赌注，因为它让你不至于失去所有；而你把赌注下得太大，赢得的也有可能是负数。因为无论你怎么做都堵不住世人的嘴，你只能选择活出自身的美。每个人的经历不同，阅历也有限，除了身边最信赖的人，我们也不应过于奢求获得别人的体谅，有人理解便是意外收获。学会降低期望值也是对自身的一种保护。人活一世，总是要明白人生有两个很多人都会犯的美丽错误：一是没有坚持，二是坚持错误。

人的生命真的很脆弱。大地略微晃动几秒，可能就有无数的无辜生命悄然逝去；人的情感更脆弱，大量神经活动能形成一张能够把整个人牢牢捆住的密不透风的大网，人便在世俗的泥潭与污渍构成的虚妄里面动弹不得。想想你最难过的时候，那便是网把你高高抛起时，如果你能够放松身心，也许网就会自己慢慢松开，你还能顺便看见更远更美的景致；但如若你选择死死挣扎，那束缚便会越来越紧，直到勒紧你的咽喉，让你渐渐在那恼人的"情"中窒息。

而在精神建设道路上，我们也不应总想着如何去成为一个成功者，如何去获得最大限度的成功。人的整个生命历程固然需要规划，但更多时候也需要脚踏实地的"走一步,再走一步"。你不能一步登天,却可以在披星戴月中享受天宇的辽阔无垠。国际奥委会主席在接受白岩松采访时曾谈起,他认为奥运精神在当代社会的体现,更多的不是如何以前三名去激励体育健儿,而是主张全民在形成健体观念的同时,学会如何用微笑与释然去面对彻彻底底的输。

著名理学家王阳明口中的"你未看此花时,此花与汝心同归于寂。你来看此花时,则此花颜色一时明白起来",后来虽然被认为是"唯心主义",但也有一定的"道理",也赢得了很多人的认可。北宋文学家苏东坡笔下的"自其变者而观之,则天地曾不能以一瞬;自其不变者而观之,则物与我皆无尽也"所体现的达观也曾获得世人的肯定。

因此,这些情与理的体会,其实都在于人自身啊,外物的好坏怎能抵得过心境的安宁与自然呢?那令人窒息的情又怎会"直教人生死相许"呢?

渴求关注

源自人性的呼唤

——题记

听着自己有力的心跳，望着窗外被人文精神熏陶过的风景，我明白，每个人都在世人言语与自己内心深处寻求一种深刻的获得感与踏实感。

透过对面那栋步梯房，我仿佛看到了许许多多截然不同的面孔正怀揣着相同的心绪。我仿佛感受到了人们心中隐藏着的虚荣与不想被人发觉的窃喜。步梯房更远处，是沿街的店面与其蕴含的影影绰绰的时光。一些职场得意的人在把酒言欢，言语中尽是"青年才俊""郎才女貌""年轻有为"的祝福词，心中便激荡起掩饰不住的欣喜；另外一些人，正陶醉在一份渐渐消逝的情感中，迷惘在一段失意的时光里。

这些人文风景，无意间便触碰到我内心深处最柔软的角落，同时引发了我对于"呼唤爱，渴求关注"这个话题的深入思考。那是来源于我心底的畅想与慨叹，也是我对爱的求索与对人性的思考。

我不知道这些不断寻求安全感与获得感的人是否曾经也患得患失。我的思绪蔓延开来，冥冥之中似乎听到许许多多的心跳声，那些声音说不上来有多么动听，但它们起码是质朴真实的。它们是那么生动，那么摄人心魄。那些源于心底的呼唤昭示了迷失与寻找的过程，蕴含着快乐与彷徨的人生体验，隐藏着担当与逃离的人性特点，述说了错失与希望的美丽故事，组成了一个人丰饶而又圆润的人生。

一个牙牙学语的孩童需要得到父母的关注，他们的微笑与哭闹便直接表达出真实的内心需求；一个看似叛逆，叫嚣着"疲惫"的青年，也许是因为在某一时期缺失了某种程度的爱，而又向往着成熟，便以同龄人能够接受的方式，呼唤并期盼着内心深处最真挚的情感回归；一个职场失意的成年人，俨然已有了理性的认知与判断能力，但没得到认可时，也是有一定程度的失落的。哪怕只是在一场流于形式的年终评比中，没能被评上"先进个人"，也可能会让人在一定程度上感到失意、消沉。

有时，我会浏览一些文友的文章。我发现了一个奇怪的现象：很多人会在个人简介一栏中把获得的荣誉都展示出来，不论大小，只求体面，实则也是一种扩散知名度，赢得关注的途径。那些荣耀，或许是用钱财买来的，于是无法得到的精神认可便始终藏匿于字里行间；或许是来源于真才实学，但是我认为真正有内涵的人，是不会用一些名号去装潢自身，顶多只会标注一个代表性的褒奖吧！所以，很多人在渴求关注、寻求价值的过程中，反而迷失了自我的价值。

从道义方面出发，很多人深刻地明白：即使是与自己有过节的人，也不应该随意贬低。每个人都是拥有独立尊严的神圣个体，无人能够代替。所以，不应有妒忌与嫉妒的心理。但是，一些人面对一些不交好的同事在事业上取得一定的进步时，便仿佛自己的人生失意了一般。因此，在同事之间或多或少夹杂了一定的个人情感，极力地掩饰又会使得内心产生一定的不平衡，因此便通过谩骂与笑看对方浮沉的心态去看待生活。这种填补内心情感空白的方式其实是难以长久的。

在人生的漫漫旅途中，有繁花似锦的时光，也会有草木凋零的时候；有鲜妍明媚的日子，也会有萧瑟灰暗的时刻。这些明媚与黯淡的岁月，是由浅浅的欢喜与淡淡的忧伤组成的。如果在不断的前行中体味到心底缓缓流淌的悲凉，其实是一件幸事，因为那是一种宝贵而又丰盈的人生体验。我倒是很享受这段过程与合理化解悲凉的时光。无可否认的是，大多数人都是平凡的，他们在自己平凡的岗位上兢兢业业地付出，平凡的收获又何尝不是岁月的恩赐？

也许，生命并不会始终给予人们花朵与花环，人的一生亦非自始至终充满光辉与荣耀。但只要保留那份初心，尽自己所能去关注他人，去点亮那些曾出现在我们的生命里，给予自己一定提携、启示或是警醒的人，其实也是自身价值的一种体现！

预留个体空间，凝聚思想共识

灵魂因为高度独立而自由，思想因为相互碰撞而融合！

——题记

众所周知，《三国演义》中有一句著名的开场白：天下大事，分久必合，合久必分。虽然这是一句古人的言论，但把它置于如今这个和平的年代，其真理的光彩似乎也不会泯灭。

人间有相斥的事物就有相吸的善缘。有时，拥有一定的私人空间并非对外界情感的舍弃，也有可能是一种向内的探求。比起向外张望，对内审视能让人更加清醒地认识自己，那是一种莫大的幸福；达成一定的思想共识亦不是让个体摒弃自己的价值体系，而是完善自我、了解世界的有效途径和建立与时俱进的价值取向的合理方式。

预留一定的个人空间，可以让人生活在更自由的天地中。所以我们呼唤个性的自由，我们需要为自己预留一些源自心底的"小确幸"，它让我们的内心世界如驼铃般悠扬，如鸟鸣般清脆，如雪莲般幽雅。人们会因为相似而在一起，也会因为过于相似而产生疏离感，保持一定的人格独立，拥有"蓦然回首，莫要放手"的能力，能够使一段情更加细水长流，而这种"对面的美"让我们的心灵渴望更深，对未知世界的探索欲与求知欲便会与日俱增。彼岸花曼珠沙华的名字为什么总是被人们津津乐道，无形中自带一种迷人的神秘？因为它的名字总会让人浮想联翩，彼岸花因罕见而令人神往。当外界对我们的私事关注过多时，我们便会感到特别不适应；当我们对外界的人与事关注过多，就会给对方造成沉重的心理压力。无论是哪方对对方关注过多，长此以往，一段亲密关系便会慢慢疏离。所以一些毫无边界感的行为着实是不利于人际交往的。

在预留一定个人空间的同时，我们还应积极融入外界环境，与外界达成一定的思想共识，我们才能活得更加真实，更加快乐。外部环境给予我们的信息与知识，能够让我们抓住更多的机遇去成就自己，也能够让我们变得更有远见，亦能降低我们陷入生活泥潭的概率。"君子和而不同"，而思想的碰撞与融合便为"和而不同"涂上了一层绚丽的底色。

个人空间的预留与思想共识的凝聚并不是非此即彼的关系，它们是相互统一、相互联系的。预留一定的个人空间，能够加快不同思想的凝聚进程，增加凝聚深度。只有对自身文化有了更加清醒的认知，才能更好地传达给其他个体，以免造成言不及义的尴尬局面，使双方产生更深的误解、隔阂与矛盾；而当我们把自己的观点向外界输出时，外界文化的输入也能更好地丰富我们的阅历与情感空白。交流与共治是以己方利益为基础彼此做出让步且容纳与吸收对方优势文化的过程，所以我们首先得对自身文化特点有充分而具体的了解，找出行为背后的真正原因，才能活得更加通透、明白。唯有如此，我们的精神世界才不会被阴霾笼罩。

不仅人与人之间如此，国与国之间也需要预留一定的空间，同时也要凝聚思想共识。我国的外交政策是和平共处五项原则。我们不与其他国家结盟，便是保留了我们的外交空间，保留了泱泱大国的尊严，也展现了我国对他国的尊重；我们的基本国策之一对外开放便昭示了我国是"入世"的，我国是积极融入经济全球化与世界多极化的，这为我国的发展铺垫了一条通往繁荣昌盛的强国之路。

让我们为自己的生命预留一块在面对挫折时能够供我们静心思考，然后笑对世间浮沉的宽敞空间吧，同时也可以把心的空间打扫干净，然后再斟酌损益，邀三两个志同道合的朋友短暂相聚，之后便开始新的自我探索吧！

白色世界

这是一个空间，一个无人涉足的空间。

梦想对于某些人来说，仿佛根本没有存在过，一个名词罢了，他们或许更喜欢称其为幻想，也许是受了"梦幻"这个词的影响。

我很难说自己有梦。尤其是在某些情况下，我放下解剖自己内心的刀而任凭劣根性蔓延时，我知道那些就是我的本心了，我无法使它消失却要不断抑制那些被称作"缺点"的坏，使本我趋近完善。对于一切喜欢的，能够让我浅浅欣喜的人间万物，我总是放纵自己的情感，让它浓烈一些，再浓烈一些，我把它称作热爱与勇气。很多时候，我敏感的内心会刺激我的泪腺，那炽热得无法言表的眼泪总是浸染了我的枕头，那些掺杂了些许盐分的水分子黏糊糊的，沾在我的脸与额间，使心绪渐渐凝固了。似乎，以前的我不是这样的，那时的自己野得像个男孩子，不知什么时候反倒善感了，唯一不变的是喜欢哭成一个泪人儿，却又不敢把眼泪流得太过放肆，这种分寸还真不好把握。

也许，每个人都有属于自己的人生轨迹，虽不固定却也命中注定，就好像获得了什么就一定会错失掉什么似的。瞬间，我明白了美国诗人弗罗斯特为什么要选择一条幽静的小路。毋庸置疑的是，每个人都在努力为自己争取更好的人生。也许是吧，我懵懵懂懂的，并不知道什么才是更好的人生。真的不知道。难道"更好的人生"

有什么确切的量化标准吗？还是大家都在一个被称作"白色世界"的地方彷徨徘徊，活在自己营造的梦幻之中，就好像价值观存在偏差的鄙视链中那种优越的氛围一样，那大概就是白色世界。我想，是的。

后来，我知道了一个人，一个戴着面纱不见容颜的神秘女子。

这个人很神秘，没有人知道她是谁，也没有人知道她从哪里来，更没有人知道她将去往何处，她仿佛象征了哲学里的三个问题。她让人捉摸不透。她真的存在吗？没有人知道，也没有几个人会想知道。

我想称呼她为空。虽然，我也觉得这个称呼有些失礼，显得不够尊重对方，但是，我确实不知怎么形容她。总之，她的步伐率真随性，却并不给人以薄凉之感。隔着轻纱，感受她那清澈柔和，又恍如无云的天空般高远的目光，那深邃的浅欢，让人一眼望不到尽头，真的很好看。这种感觉真好，没有人知道原因。她在引领我吗？她要把我带去哪？另一个白色世界吗？她走路轻飘飘的，伴随着细微的和风，那风很柔，没有一丝力道，仿佛一枚镇纸就能压住她的灵魂，但却不堪重物，没有人知道原因。

她是一个怎样的人，没有人知道。

我怎么知道，我自己也不知道。

我想找到原因，对于没有梦想却又善感的我，这成了我心底深深的"小确幸"。

我没有见过她几面，所以很快就忘了她。只是脑海中有过一点印象，就像她嘴角勾起的弧度一样，只是略微向上，浅浅的。我不知道什么时候才能带着回忆、秘密与幸福，与她再次相逢。

直到有一天，我缓缓进入梦乡。那个臆想中的世界很大很大，周围全是白色的，不知道哪里才是尽头，我在半空中，稳稳地站着，我四处打量着这个世界，好奇的目光射向四处，我尝试着走了几步，就像在地板上一样，我朝下望了望，底下还是一片白色，但我实在感觉不出来我踩着什么东西。突然，当我抬起头，看见了一个戴着面纱的女子，我仔细一看，嘴中不自觉地呢喃着一个名字："空？"她在我面前不远处，清澈的明眸打量着我，轻启朱唇："欢迎你，来到了我的世界。"她的声音不算好听，却给人以朦胧之感与穿透心灵的微妙震撼。我试探地小声问她："你是空，是吗？""是的，我就是空。""你真的叫空啊，这是我给你起的名字，没想到你真叫这个名字。"我朝她笑道。"没什么。"她一如既往地淡然一笑。她的笑容很浅，像几片白云飘在湛蓝的天空中，让人感觉很温暖很熟悉。"这个世界是什么东西啊？"我问她。"这个世界什么都是，它能装下任何东西，特别是一些有价值、有意义的美好事物。你想要什么，就会有什么，你可以叫它白色世界。"空笑着对我说，我真的很喜欢她的笑容，不为什么，就感觉很熟悉，很舒服，很有眼缘。"真的吗？这是梦吗？只有在梦里才会想要什么就会有什么。"我问道。"不，这不是一个梦，这是一个世界。"她略微亲切地说道。"梦？是日有所思夜有所梦的那个梦吗？是已经消逝的那抹温情吗？"我又一次湿润了眼眶。

我自诩是一个有些许怀旧的人，很多老旧建筑总是令我心驰神往。准确来说，令我感动的是来自21世纪初年的爱与温暖，我缅怀的是以前的文明与真挚淳朴的人际关系。在一片小小的林子间架上一堆柴火，心心念念的年便来到了；站在一个矮矮的方凳上，偷偷去够冰箱上的薄荷糖时，便是夏的召唤。而如今，"物是人非事事休，欲语泪先流"；斯人已去，纵使"一弦一柱"仍在，又何以"思华年"呢？最后，满腔热忱不也败给了"遗憾没有到达，拥抱过还是害怕"吗？我的思绪远扬，飘向那神秘的远方。

"空，你能帮我回到心中所念的地方吗？只不过有一定的时间跨度呢！"空抚袖一变，那时的情景便又映入眼帘，充盈了心灵的感动便随着柴火与薄荷糖夹杂的香气遍布了全身。

"你在找寻回家的路，其实每个人终其一生都在寻找家的归途，从空间跨度到时间跨度，记忆会在冥冥之中指引你，所以无论如何都不会走失。所以请学会归零再启程。便不会在浮华中迷失，就像我的心境一样。"

"空，我会再见到你吗？"

"一定会的，如果一切都恰到好处的话。"

自此，我再没见过空，只是始终铭记着那句恰到好处的约定。

白色世界存在吗？它真的只是白色的吗？空存在吗？她怎么会知道我记忆中那心念的地方？她又从哪里来？她是谁？她将去哪？

待我将美好藏在心里，与她再次相逢时，便也明晰了吧……

情感与进取

一个社会是需要前进的，而社会进程的推进是离不开发展的。既然要发展，先进产能必定会代替一些落后的产能，一些跟不上形势的人与事便会被时代遗弃。

所以当代人，尤其是在外打拼的年轻人，他们的工作与生活压力是很大的，而且这些压力不仅来源于经济方面，更来源于价值认同方面。如今刚踏入职场的青年人，很多都是从"象牙塔"里走出来的青涩面孔。他们所具备的是一定的能力与充分的胆识；他们所缺乏的，也许除了物质方面的财富之外，还有在学校里就没有被充分满足的参与感与认同感。大概，很多青年人都喜欢把自身的书生意气当作指点江山、挥斥方遒的资本。殊不知，不同领域有不同的常识与规则。

因此，很多足够努力的人便会因为圈层落差而变得愤世嫉俗、玩世不恭。他们因无法改变整个世界，也无法左右自己的人生而感到迷茫。前者是必定的，后者是因为生活得太用力而欠缺方法。

单独的个体是无法改变世界的，但个体可以选择自己的生活方式。一个人的思想重心可以放在事业上，也可以抽出部分放在自身的情感上。央视主持人李思思在个人传记《有点意思》里写道："我们永远无法成为事业的主人，因为事业总有后来者。但生活却永远属于我们。"我觉得这句话着实有点意思。

要知道，只有伟人与极少数卓越的人的功绩会被世人铭记，他们的贡献在人类历史宝库中散发出动人的光彩，在人类文明中熠熠生辉。而我们绝大多数人，追求的是一种自身存在的价值，那种价值也是能在当下被切实感知到的，它给予每一个普通人不平凡的人生体验。因此，长久缺失的当下价值认同才是最应该被个体找回的。

　　物质的富足是很难用一个确切的标准去衡量的。金钱也许能给人以安全感，能暂时满足人空虚的内心世界，但是物质本身是很难让人得到精神上的满足的。而一定程度的人文关怀能够满足人的情感需求。一个人在得到他人的情感之后，为了得到更多的精神养料，便会不断进取，这也算是一种良性循环。久而久之，你便会默默地为情感付出而不是患得患失。因为，你会发现在自己不断前进的步伐中，人生变得有意义了。不知不觉中，你会发现自己已经足够强大，已经超出了之前给你情感关怀的人，于是变得不再患得患失，亦不再较真。

　　这种方法，在各种关系中都挺适用的。在职场中，上司可以通过这种方式间接转达对下属的欣赏与鼓励，而不是以领导自居，这样的处事方式能够更好地激励下属为公司创造效益；在一段亲密的婚姻关系中，如果能够用不同的方式表达对对方的欣赏与感激，不但可以增进双方的感情，还能够对彼此的事业起到一定的促进作用，岂不是两全其美？

花开的岁月

山上一朵小小的野花有了花苞,那朴实的蓓蕾,不知何时会绽放。

这些不知名的花儿,没有百年大树茂盛的枝叶,伟岸的树冠;亦没有娇艳牡丹的国色天香,尽态极妍。有了风雨,树荫会为它遮风挡雨;牡丹的世界它不羡慕,那么娇贵的花儿,它从未见过,它也是从蒲公英的耳语里得知的。它只希望活出自己的本色。它深知,自己也具有那微乎其微的韧性,但这种坚韧,只有它自己能理解。没有过多的鼓励,没有持久的关注,亦没有殷切的期待,它感慨着自然界偶尔的馈赠,并由衷地接受这一切。哪怕光照与雨露已经被其他植被过滤了大部分,它也从不会放弃自己。

它看起来是那么羸弱,很少有人知道它的存在,所以它也不会对其他事物造成威胁,甚至无人会在意它的绽放与否。在雨后的清晨,只有风儿裹挟着蒲公英的种子,经过时顺带为它带去一句轻声问候。

它也曾失望过,感慨过自己的命运,在黑夜无助的时光里暗自唏嘘。但最后,它还是欣然接受。一滴雨露无意当中经过它的躯体,为它带去短暂的润泽。

紧接着,那滴晨露带着蔑视的目光与嘲讽的语气,不屑一顾地朝野花叫嚣道:"你活在这世上有何意义,还不如尽早消失的好,我的意义在于润泽万物,我的到来会获得万物赞美。我总是那么骄傲地活着，在这个世界上，你丑陋的花苞连我半个身体都容纳不下，小不点，你的价值在哪呢？真是个没见过世面的丑八怪！告诉你，在这个世界上，不能出彩就只能出局。"说着，它滚落到泥土里，很快便销声匿迹。

那滴露珠不明白，自己一切的好处都被那假装的优雅抹杀了。也许露水在天上曾经历过经年累月的历练，才有了降临大地的机会，但那似乎并不是它耀武扬威的资本。或许它曾经有过自卑的经历，才会渴望被世界瞩目。它的思想是一种致命毒药，它在这种麻痹中丧失了自己。它大概是忘却了：当欲望处于最大值时，那种天与地的距离会创造出幻象。

花儿在观察着这个世界的同时，也竭尽所能地去思考。它没有憎恶露珠的妄自尊大，也没有懊恼露珠的傲慢无礼，它只是默默地感慨，静静地总结。它想：也许露珠之前是自卑的呢，因为自卑所以想要变得强大，以此来证明自己。但是强烈的追求是连接彼岸的无底洞，"在那浩渺天际的另一边，有一个无底洞吧。"它臆测道。在小花的认知里，天的边际承载着世界的一切美好与不堪，浩瀚的蓝色能够容纳这一切。正因这独特的心灵之语，它从未害怕过。

"露珠的一生真的好累好累。"它与自己对话，"露珠曾自卑过，于是它便不断地武装自我，使自身变得圆润而晶莹，但心灵的底色却未曾改变。它的努力满足了它的虚荣与早已隐藏起来的劣根性，但欲望是个无底洞，努力不但没有使它快乐，反而助长了它的自卑……最后被坚硬的大地，它朝思暮想的美好撞得头破血流，终结了它短暂的尘世生活。"

后来，花儿变得更加明晰，它大致知道自己想要什么，并不断地靠近，靠近……并真正地学会了缓慢而优雅。它认清了树"馈赠"的缘由。为了防止根部溃烂，树也在不断地给自己松绑，多余的养料便给了花儿。一直以来，树让花儿感激涕零的行为，原来只是树淡然的自我保护，但花儿却无力拒绝，于是慢慢坦然地与万物平和相处，学会了与自己和解。

"你得学会与自己和解，才不会那么茫然。你会经历花开的岁月的。"蒲公英如是说。

于是，它不再害怕孤独，不再害怕孑然一身的时光。孤独，本就是一种自省的良好契机，一种别样的财富。孤独让它了解到生命本身的直观效果，一味地逃离它，荒废它，就是糟蹋自己的生命。身边的朋友害怕孤独，是因为它们不太喜欢真理。在孤独与真理之间，似乎有一种隐隐约约的关联，它不再脱离规律，亦不再犹豫，无论是在淫雨霏霏的岁月，还是春和景明的日子，它都坚守着内心的那份岸芷汀兰的高尚，从容不迫，顺应了自然，温柔了岁月。

终于在一个孤寂的春日，随着一声细微的声响，它绽放了，绽放给自己看，也绽放给波澜不惊的岁月看。它见识了那属于自己的花开的岁月，然后宠辱不惊地慢慢随着身旁的野草，化为萤火，去到那天蓝色的思想彼岸。

看，花开的岁月，多美！

很爱很爱你

在短暂的假期里，我来到未来的姐夫家里。这个即将被我称作姐夫的比姐姐大好几岁的已过而立之年的男子，自小便生活在成都的市中心。

令我颇为惊讶的是，在市一环繁华的黄金地带，在车水马龙的闹市，竟然隐藏了一个不大却富有诗意的街心花园。在树林的掩映下，有一个挂着彩灯的咖啡厅，远看并不起眼，走近去看时，我才真正被它绚丽夺目却又不失古朴典雅的气质所吸引。花园里面的世界，仿佛与世隔绝般美好，外面的世界掺杂了太多与利益有关的物质，林子里面则显得诗意、宁静。西式的建筑搭配中式的台阶，这座仿古的建筑并没有给人以格格不入之感。相反，两者的搭配是那么和谐，那么妙不可言。

我正坐在姐姐小车后排的座位上，副驾驶坐的是看似内向含蓄、憨态可掬的姐夫。因他的驾龄比姐姐长，所以一直在旁提醒姐姐，他深情款款、含情脉脉地凝视着姐姐的样子，仿佛在用自己的行动不动声色地向姐姐表达："很爱很爱你。"

我们正停在一个十字路口，前方是红灯，我在后面静静地凝望着这座城市，害怕打扰那份真挚的情感，害怕惊扰那份岁月静好的美好景致。我想这座城市的精髓就在于文明开放中的传承与创新，它推动一切持续健康地向前发展。

那是姐姐结婚的前几天，姐夫将要陪同我和姐姐到我们在当地预订的酒店。在酒店门口，姐夫远远地望着姐姐渐渐消失的背影，目送着他的爱人进去。

"很爱很爱你。"我情不自禁地低声喃喃道。

我想：她会幸福的，一个真正爱你的男人，一定会在你转身离去时，默默地注视着你的背影，而不是让自己的背影化为失望至极的可怕阴翳，长久地停留在爱人心中。

这个世界，始终都在新旧交替中向前。那一刻，我从平凡的生活中更加深刻地领悟着那些跨越时空、亘古不变的芬芳记忆。

未来的几天里，我们将见证一对新人的美好。与此同时，我仿佛目睹了一个人一生的生命历程，以及在生活波折中经历的完整的情感体验。

我明白，黯然神伤并非我的本意，我只是满怀着饱含个人色彩的"先见之明"，去理解这个世界，和世界交欢，并不断成熟，从而减少碰壁的次数。

我清楚地知道：从一起携手步入婚姻殿堂的那一刻起，就意味着一份责任，一份关于家庭的责任。

这份情爱的过程便是：从幽暗烛光的花前月下风花雪月到柴米油盐酱醋茶的平凡时光，并且一段婚姻还意味着责任与担当。人到中年，便得肩负起照顾家庭，奉献社会的重任。

孩子会长大，会成家立业，然后飞到你看得到却摸不着的高度，这源于日新月异的发展变化。当你老了，你会希望那个与你携手走过一生的人先离开，然后自己独自承受阴阳相隔的痛苦，因为你不忍心看到他伤心的模样。这一切情感也都源于那一句：很爱很爱你。

走入宾馆房间，布置好房间里的一切，我和姐姐疲惫地躺下。

深夜，我辗转难眠。我的心里正翻腾着一种强烈的情感，那便是爱缠绕在心中，永远无法挣脱，本心也不想挣脱。

　　凌晨时分，姐姐醒了，借着床边昏昏暖暖的灯光，我突然害怕起来，害怕自小在身边打闹玩耍，可以任由我放肆撒野的姐姐以后不能随时在我身边，我也只能从朋友圈的只言片语中了解到她之后生活的点点滴滴。我不应该如此自私，自私到近乎偏执，然而反复的离开和归来似乎并不是感情的强心针，心怀美好，哪里都是亲情。我又害怕，害怕仅仅走过人生二十几个年头的她终有一天会开始厌倦这种极度平衡的生活。

　　忠诚的记忆终将会翻涌回来，冲垮时空所铸就的堤坝。隔着不近不远的距离，我看到她被岁月蒙上一层特别温柔的膜。我还是坚信：破茧而出时，她会对生活有更加独到的领悟，且随着时间的推移，她定能独当一面，那是生活的磨砺带给她的惊喜。

　　但是，我依然于心不忍，面对她翻过身来真诚的关心，我含泪微笑着答复她："姐，我爱你，真的……很爱很爱你。"

诗意灵魂

　　灵魂的本质是诗意的，灵魂应该诗意地栖息于空谷幽兰的圣洁之地。

　　何为诗意灵魂？

　　诗意灵魂让我们常常无视苦难和忧愁，让我们无拘无束地遨游在纷繁的世界，从而使我们的内心真正归于平淡和安宁。

　　诗意灵魂何处寻？

　　诗意灵魂在诗人笔下。在诗中，柳宗元孤傲自守，"孤舟蓑笠翁，独钓寒江雪"，那天地苍茫，一川荒雪的苦寒之境，正因孤舟独钓的蓑笠翁才显得那么深邃、那么空灵、那么富有诗情画意。

　　在诗中，李白放浪形骸，潇洒风流，有"人生得意须尽欢，莫使金樽空对月"的狂欢；有"仰天大笑出门去，我辈岂是蓬蒿人"的狂放；有"长风破浪会有时，直挂云帆济沧海"的自信。

　　在诗中，陶渊明从容淡定，"得失不复知，是非安能觉。千秋万岁后，谁知荣与辱"；在诗中，他清淡如菊，"采菊东篱下，悠然见南山。山气日夕佳，飞鸟相与还"。

　　诗意灵魂在眼眸之中。

　　一只鸟的灵魂是诗意的，或静谧或活泼地划过如孩童的眸子一般清澈的天空。在太阳初升的那一瞬间，一跃而起；在夕阳灿烂的余晖中，掠过水面。欢乐时翻腾于碧霄之间，疲倦时栖息于古树枝头。

一片云的灵魂亦是诗意的，纯洁地镶嵌于另一块同样纯洁的蓝宝石上，遥远却又似乎近得触手可及，朦胧却又似乎清晰得有棱有角。欢喜时漫天飞舞，随心所欲；安静时端庄贤淑，温文尔雅。

　　诗意灵魂在修行路上。

　　太湖之滨，被称为"隐世才女"的白落梅有着自己的坚持，总是有意与这个喧嚣的世界保持一定的距离，而以素净淡雅的文字示人。她固执地过着自己那充满诗意的生活，品茶、读诗、修禅、论道、独处，于安静中净化灵魂。

　　一本《你若安好，便是晴天》承载了她修行灵魂的自述："真正的平静不是避开车马喧嚣，而是在心中修篱种菊。"尽管如流往事，每一天都涛声依旧，但只要我们消除执念，便可寂静安然。愿每个人在纷呈的世界中不会迷失于荒径，可以端坐磐石上，醉倒落花前。

　　茫茫人世间，滚滚红尘中，有太多的迷恋，太多的追求，一切的一切都偏离了灵魂的重心，往往湮没了灵魂深处那一片诗意。每个人都在修行的路上，唯有沉淀出诗意的灵魂，才是真正的成长。

　　一几，一壶，一人，一幽谷，一《云去云来》，浅斟慢品，细看云卷云舒，静修诗意灵魂。

雾

　　清晨的小城，已然被浓浓的雾吞没了。独自踱步在街头，静默在雾中，目光穿不过这浓郁的大雾，所及之处仅能形成一个小小的空间，这就是属于这个空间的人的整个"世界"。

　　"世界"外模糊的空间里，存在着什么呢？如果看不清楚，怎么知道"外面"是什么样的？身处这个乳白色的"世界"中，每一口呼吸都是混浊的。吸进肺部的，不知是空气还是水汽。不断刮来的陌生的风，带来刺骨的寒冷，昏暗的路灯射来的光，才能使人意识到看不见的地方，也存在着世界。脚边的小草低着头，弯着腰，拼命地背着挂在身上的水珠。人们所能看到的世界中，除了自己，就只剩下这些了。偶尔会有一两个人突然闯入你的"世界"，然后在你反应过来之前，又匆匆离去。

　　什么时候开始，人们渐渐发现，身边的雾中出现了淡黄色光彩，温暖的阳光以她特有的柔情拥抱着飘浮在空中的每一颗水滴，给它们染上她的色彩，把它们融化在她的胸膛。小草慢慢地直了腰。人们发现"世界"逐渐变得开阔了，清晰了。路灯已经熄灭，阳光穿过重重迷雾来到人们身旁，温暖着他们冻得瑟瑟发抖的身躯和灵魂。大家抬起了头，天空已经露出了它的本来面目——一望无际的蓝。今天是晴天，远方的高楼如海市蜃楼般美好，高楼被截成两半，下半截不可见，显得它仿佛飘于云间。也许是离太阳近些吧，阳光对它格外照顾，清晨的阳光从侧面照耀着，形成强烈的色彩差。阳光在玻璃上的反射，使高楼看上去熠熠生辉，富有生机。

当雾散去，真实的世界也随即显露出来，人们也投入日常的学习工作之中。可是谁知道呢，也许雾还没散去，"人生的雾气"总是萦绕在日常生活的方方面面，这个世界也不过是被雾包围的主观空间罢了……

赞，不应带有人情世故

朋友的孩子参加比赛，发来视频求赞，尽管孩子表现很一般且普通话也不标准，朋友还是希望大家在微信里为他的孩子点赞。有些朋友，看到消息随即"秒赞"，点赞数量已达五千多；而有的朋友看到孩子带有瑕疵的表现犹豫不决。赞与不赞引来了朋友之间的激烈讨论。

在我看来，那五千多个赞中或多或少地夹杂着人情的水分，人们心中点赞的对象也许是朋友，而不是孩子。如果是孩子自己发出比赛视频求赞，那这些于孩子而言的陌生人，看了孩子带有瑕疵的表现后定会皱眉。

为谁点赞无须赘言，但如果我们把点赞的对象搞错了，那么这个赞是没有任何价值可言的。我们应当是一面镜子，可以让孩子看出自己的不足，当然也可以发个"笑脸"以资鼓励。

动动手指，点个赞，看似简单，但它可能会误导孩子，让其误以为无需付出艰辛的努力就能轻而易举地获得肯定与赞赏。不要让一个孩子在众人的称赞中自我满足、自我陶醉，不要因为是朋友的孩子就慷慨大方地施舍"点赞"，不要让小小心灵之花在充满人情世故的"秒赞"中凋谢枯萎。

面对天真的孩子，我们可以动下手指点个赞，但绝不要掺杂顾及其家长情面的成分。面对需要健康成长的孩子，点赞之余，我们有必要再附上一条中肯的评论和合理的建议。最好带上一句大人对孩子的鼓励：加油！这不是单纯的鼓励，这是对孩子提高水平的激励。

做好镜子，不应把人情世故带入孩子单纯的世界，孩子不是大人，孩子需要的是最真诚的肯定与赞赏，而不是敷衍式的点赞与人情世故的负能量。作为成人，不是给孩子"遮雨的伞"点赞，而是给在风雨中砥砺前行、锻炼成长的孩子予以鼓励。"伞"终有一天会收起，孩子要自己学会奔跑。

让我们为那些积极上进、绽放自己精彩的人点赞，不带有任何人情世故。

看 客

天空阴沉沉的，太阳还没有出来，不过街市已同往常一般喧闹。

街市上人来人往，不知怎的，一小店门口围了许多人，我走上前，想看个究竟，不过警察和围观的人挡得严实，什么也看不见。

车辆疾驶而过，旁边一店铺的女主人是个老婆子，她声情并茂地向我们描绘她所看到的："哎呀呀，你们刚来的是不知道，今早楼上有一女的，跳楼啦！""啊，跳楼啦！什么事这么想不开！"众人惊呼。只见那老婆子讲得眉飞色舞，脸上的肉一上一下，笑起来时皱纹都贴到一处了："谁知道呢，听说啊，她不光自己跳楼死了，还把自己的两个小孩药死了！自己死就算了，还把孩子捎上，真是该死！"说到这，她啐了一口，脸上满是不屑。

旁边一女子接话："谁想就这么去死啊，听说啊，是她家里有矛盾，老公对她不好，又不挣钱呗。还有人说，她和家里公婆的关系也不好呢！唉，就这么死了，也真是想不开。""唉！要我说啊，死了一了百了……"人们你一句我一句接话，嘴上都说着可惜，但脸上却没有一丝丝惋惜之色，这使我不禁疑惑，她们到底是真的在为那人可惜，还是做了鲁迅先生笔下的"看客"？人们的话一句接着一句，谈得越来越热闹，中途，还有人笑出了声。这条街虽是一片喧闹，却沉重得让我喘不过气来，我不想过多地停留，更不想再听她们那一声声尖锐的话语。

"那女人可真蠢！"

"可不是嘛，听说那女人……"

"我还听说……"

天空仍是阴沉的一片，太阳也还没有出来，人们仍旧在绘声绘色地交谈着，生怕错过了一点热闹。不过，有谁关心过那两个孩子究竟怎么样了？他们死了，他们家里人怎么办，有谁想到过去深入了解这些事？怕是没有的吧，人们只会把这件事当作茶余饭后的谈资罢了，那些所谓的"看客"，自诩知道了全过程，以一传百，并以此自豪地说到自己知道什么什么样的事……

清晨快要过去了，太阳快要出来了，我走出街市，向太阳光最强烈的方向走去，街市上的人们也都陆陆续续散了，那店铺的老婆子，旁边的女老板，和那些街市的人们一样，都不过是些"看客"。

他们真的是"看客"吗？他们是吧。

盛极为秋

古之论秋者，皆觉其悲，伤其落败，哀其凋零。然秋韵，方为真正盛极之韵。

君不见山色浅淡，林色疏朗，山鸟野雀，日暮归鸣。又乍起飒飒之风，渐觉萧萧之寒。远眺天际，感长河落日之境；遥望山脚，观小桥流水之景。既是时，才晓秋之为状，其容清明，天高日晶，知此气象宏大之况，非春可拟，亦非夏可相较哉！

有言："天之于物，春华秋实。"故或纵情于春华之丽，流连于蜂蝶之艳，竟不知春者，物之初始，尚娇嫩未发，虽美妙可人，然其精华所蕴，不足万一。仿佛婴孩，见者多爱，而与其玩耍，只空得咿呀不明。

又有少年赞夏为盛极，因其叶蓁蓁，其势欣欣，日居天中，物方繁盛，天地炽热，人气躁腾。若夏不盛，何以见此形？此亦世俗之解也。夏所以盛者，尽全力成物，锋芒太过，容止激越。恰似弱冠年华，指点江山，虽才华已显，品性仍不足。何况"天之道，损有余而补不足"，夏势积极，非有余之貌哉！

唯秋无此两者之弊且见荣姿。夫秋，黄木翻飞之季也。黄木者，不骄如初生叶芽，亦不同于夏叶蓁蓁，其色温和，其意畅达。飘转游于山水间，复又乘风直上九万里，时上时下，但守本心，不猥不傲。后终于野林仙涧，以骨肉哺幼苗，丰其形态。此方生命大成之境。

又晓夷则为七月之律，夷，戮也，物过盛而当杀。细观秋日，烟霏云敛，却天地开阔；山川寂寥，却果实累硕，方知蕴盛意者，乃藏而不扬，意静性平而学思深邃。此好比人之中年，半生沧桑，收心纳念，才隐于内，可称大盛。

　　故秋者非凋零落败之态，乃盛余而知收。故秋韵也，韵成以盛极，曰：盛极为秋。

风　怒

天渐渐阴沉了下来，好似戴上了墨镜。此时风诞生了，它吹拂这一切。河面被吹起阵阵波纹，树叶被吹得沙沙作响。人们关上了窗，不是因为风，而是为了挡住即将到来的雨。风似乎对雨将要到来毫不知情，仍只是静静地吹着，它是温柔的，它爱这个世界。

但是它的温柔并不能改变什么，雨如期而至。雨的到来是那么迅捷猛烈，前一秒还宁静的世界，下一秒就已经被那嘈杂的雨声填满。世界不再安宁：河面被激起朵朵水花，树叶被打得左摇右摆。人们的窗户仍然紧闭，他们意料之中的雨已经来临。雨仅是无情地冲刷这个世界，世界却因它蒙上一层暗幕。

可是风啊，它并不甘心，是它先来到的这个世界，它所爱着的这个世界凭什么要任由雨来摧残！它所喜爱的河面，它所爱抚的树叶，凭什么要被雨打得如此凌乱。所以它愤怒，它愤怒地吹啊吹啊，吹得雨丝凌乱敧斜，吹得乌云翻滚升腾。它在雨中自由地穿行，而雨却只能顺着风的方向落下，没有一滴雨水能脱离风的掌控。

此刻在天地间穿行的风是那么威猛强力，如此不可阻挡，又是如此自由！

但仅仅是这样还不够，连绵不绝的雨丝如同垂下的珠帘，风能抚开它，却不能让它消失。于是风决定去挑战天上的乌云，因为无论它如何操纵雨丝，只要乌云还在天上，雨丝便是不绝的。而滚滚的乌云又是如此庞大，似乎想要把它底下的一切都压垮一样。但是风却不惧怕乌云，只想吹散这乌云，冲破这乌云。

乌云终究不是有着坚定信念的风的对手，即使它开始时还能翻腾几下表示自己的不满，但是接着它就慢慢失去了那嚣张的气焰，迎着阳光最终消散于虚无。

一切又平静了下来，就连解决了一切的风也平静了下来。它没有因为自己的胜利而耀武扬威。它怀着热爱世界的心诞生，怀着热爱世界的心消散，离开得毫不拖泥带水。拂衣而去，身藏功名。

我想我们也应该这样。我们应当拥有温柔待世的柔情；应当拥有穿梭大雨的自由；应当拥有吹散乌云的力量；应当拥有转身离去的淡泊。

他一直都是这个样子

凌夕的父亲是一个不会表达爱的人，因祖父那一辈的生活条件艰苦，父亲念完了初中就辍学打工了。父亲的观念非常保守，旧思想是根深蒂固的。

凌夕和姐姐在当地县城的重点中学念高中，成绩都很好。两人在学习上从来都没让父母操心过，从小到大都是如此。

在凌夕眼里，父亲是个"没心没肺"的人。他一直都是这样，自凌夕记事开始，就未曾改变。在凌夕的印象当中，有一次父亲接到一个诈骗电话，父亲傻乎乎地问对方是否是邓老板，骗子便随声附和，说是公司亏了钱，近日贫苦，想要找父亲借几千元周转一下。几千元在那时也不是小数目，父亲同母亲说了这件事，母亲骂他是驴心肠，不准父亲拿走银行卡。他便欲哭无泪地指责母亲："你这人没有心，别人有难，我应该帮！"说着便拿着卡向银行走去。后来，他又失魂落魄地走了回来："糟了，遇到骗子了，钱没有了……"在凌夕的印象当中，那时的父亲不敢抬头看母亲。那一天，时间显得愈发漫长，屋内昏黄的灯光不断涌向记忆深处，敲打着她的心，在幽微光亮的映衬下，父亲泛黄的脸颊仿佛多了些历经生活打磨后留下的痕迹。

此时的她暗下决心，一定要努力学习，不断提高自身对外界事物的甄别能力，绝不像父亲那样，每当被母亲"批判"时，只是附和地笑着。

在凌夕的认知里，父亲有些重男轻女，事实也是如此。父亲一直都是这样，她在这种环境中生活了十几年，早已习惯了。父亲同母亲结婚三年后，有了两个女儿，本来想着已经很圆满了，可是好面子的父亲看着自己队上的人都有儿有女，怪自己不争气，非要生儿子。苦了母亲，又为父亲生了一个儿子。有了弟弟后，父亲便一门心思扑在弟弟身上。弟弟打不得、骂不得。每当弟弟哭了，那便一定是凌夕和姐姐的错。父亲总是不由分说地用衣架抽打凌夕和姐姐。待父亲撒了气，看着凌夕和姐姐手上腿上的青痕紫痕，又故作心疼。

更过分的是，在凌夕初三那年，父亲便对母亲说："女娃子反正要嫁人，读那么多书还不是帮别人养，让她们读完初中就去打工，挣钱供小的上学……"母亲为了这事哭闹了好几次，父亲才勉强答应不再提。

父亲一直都是这样，死要面子，他一直都是如此。房东老太刚开始嘲笑他不生儿子，无人传宗接代，而后有了弟弟，他便大张旗鼓，巴不得整条街都知道。他还请了老太的丈夫开满月宴，还时不时带着弟弟路过老太的门口，"好儿子""宝贝儿"地叫着弟弟，还叫弟弟在老太店前的草丛中撒尿，果真将老太气得脸色铁青，活像一个青面罗刹。

父亲本是反对女孩多读书的，但凌夕和姐姐都考上了被当地人啧啧称赞的县一中，父亲逢人便吹嘘自己的女儿有多厉害，还不忘夸耀自己的决定是对的，又时常打电话对凌夕和姐姐说，假若两姐妹考上了清华、北大，他一定支持，还说要包一个一万块的大红包给她们，请队上的人吃饭，但是懂事的凌夕知道自己家里的经济状况，只是掩泪笑笑，指责父亲死要面子活受罪……

父亲一直都是这样，故作坚强。父亲曾因在工地劳累过度生了一场病，拿掉了胆，身体虚。凌夕和姐姐去看他时，他挤出笑脸，还说："不疼，这不有麻药的嘛！"凌夕心疼父亲，让父亲静静躺下，多喝热水，好好修整几个月，等身子好多了再回广东去。父亲不依，在大病初愈时，在家待上几天，便又去上工了。后来父亲的创口也因流汗发炎了几次。几日后的周末，凌夕又看见母亲发的朋友圈，说父亲喝了酒。凌夕看着视频里的父亲迷迷糊糊，摇头晃脑，坐在地上，嘴里一直絮絮叨叨。顿时，凌夕泪如泉涌，难过地拨通了父亲的电话："你是不是傻啊！没有苦胆，还去喝酒。"电话那头的父亲低声说道："没事，喝一点点没事的……"

　　凌夕讨厌父亲，因为父亲一直都是这个样子；同时她也深爱父亲，因为他一直都是这个样子。

站起来看"传奇"

古今中外，许多"传奇"人物曾出现在人们的视野中，他们或是文学作品中的虚构人物，或是历史上真实存在过的才华横溢者。在我看来，很多时候人们对于一些"传奇"的看法是带有一定滤镜色彩的。因此，真实的人物形象与现代人定势思维的认同可能存在一定的差异。

著名建筑学家、文学家林徽因曾被人们誉为才女。林徽因善于社交，落落大方，是典型的接受过新思想洗礼的知识女性。她是多情的。她同时喜爱过多名男性，且在抉择时有过犹豫不决的时刻。从林徽因清丽的文字中，可以看出理性与感性交织的温存。但有人说她是滥情的，情感不专一是一些人对她为数不多的差评。对于"传奇"，大众的眼光总是比较苛求。可我们忘了"传奇"之所以为"传奇"，是因为他们在某个时代背景下比平凡人做出的功绩更突出，他们的本质只是一个人。所以，林徽因也有她的一些"不传奇"之处。比起知识分子的严谨与在大众面前的修饰，她的情感是随性自然的。在情感方面，对于异性的喜爱通常是不由自主的。"死是悲剧的一章，生则更是一场悲剧的主干"则体现了她对于徐志摩的深切缅怀与哀悼。我们也得承认，林徽因与徐志摩朦胧的情感也是她魅力的独特体现。即使是曾经有过爱情，在后来的光景里也逾越了私情而传为了永恒的佳话。

很多"传奇"之所以伟大，最根本的原因是：他们把平凡人做好了，并且在平凡的基础上成就了不平凡。人们在看到了"传奇"不平凡的大多数扬名立万的经历与卓尔不群的成就后，往往在看待他们的不足时，会更加珍视他们的平凡。这是一种站起来看"传奇"的态度，它会让你有更辽阔的视野，而不再拘泥于目及之处。

纵观历史的长河，伽利略推翻了亚里士多德的论断，用实践证明了"两个铁球同时着地"的真理。他并未盲从权威，而是相信科学与真理，他不顾社会舆论的压力，坚信科学的力量。因为他敢于挑战权威，敢于站起来看时代"传奇"，所以才会铸就一段新的传奇。

在这个世界上，如果人人都对教科书式的"传奇"人物的思想与行为无条件信仰，而不去深究其原因，那么这个世界便会失去理性。如果一个人的生命没有了内心原始的基因反抗与情感斗争，那么这个社会的发展便会停滞不前。

因此，让我们站起来看"传奇"吧，那样便不至于迷失在知识的森林里。站起来看"传奇"吧，即使身处黑夜，站在巨人的肩膀上，头顶升起的一轮皎月也会照亮你前行的路。

孤 独

望向窗外，树下人影幢幢，仰望天空，细数零星，一钩残月。

我曾想，人或许本身就是一个独立的个体，因为没有什么可以伴随人一辈子，所以人类更害怕孤独却又时常孤独。

而你知道孤独的含义吗？让我们对它进行分解——有孩童，有瓜果，有虫鸣，这是多么和谐的仲夏风景图，而你却在热闹之景外，这便称为孤独。

如今的抑郁症、孤独症、社交恐惧症患者数量呈上升趋势，这又何尝不是人类孤独的表现呢？可能你会问，现在的生活丰富多彩，新颖的东西接踵而至，孤独像个无病呻吟的人吧？的确，因为各种伟大的创新和发明，让人类开启了互联网时代。每天人们上学的上学，上班的上班，劳作的劳作，时代让人类进入了前所未有的加速期，人们的心灵和身体感受到了极大的压抑，想在网络上找到精神的共鸣。可网络异彩纷呈，他们终于为思想找到了一个合适的点，那便是孤独。

孤独来源于什么？它可能来自你辛苦完成一件事时，你的好友举出另一个人做的相似的事，说那个完成得更好，你这时就会自卑，认为好友不理解你；也可能是你和两个朋友走在一起时，前面有个障碍物，一边只能通过两个人，而中间的那个人毫不犹豫地选择了另一个朋友，你这时就会想为什么，是我多余了；还可能是处于热闹的环境中，你沉默不语，周围人哈哈大笑，而你却有些讨厌，想要尽快逃离这喧闹的环境。

那么孤独又一定是贬义吗？这世界本身就吵闹又无趣，你的灵魂没必要一定和其他人契合。历史向我们表明，川端康成孤独，没有亲人，却成为日本杰出的文学大师；康德孤独，终身不娶，最终成为德国伟大的哲学家；维特根斯坦孤独，常年居住在海边悬崖上的一间小屋里，远离了人类文明，却建立了他博大深沉的哲学体系。可见孤独也并非一无是处，只是让我们在安静的环境下能更冷静地思考。

周国平曾写道："孤独为人生的重要体验，唯有在孤独中人才能与自己的灵魂相遇……与宇宙的无限之谜相遇。"

所以，孤独并不可悲。因为孤独，不随波逐流；因为孤独，才温和柔静；因为孤独，就默默存在。你以为我孤独，那只是我更强大的表现。也愿你化孤独为动力，不消沉，静心沉淀，携光辉归来！

我亦作我，奔赴星河

做人难，做自己更难，这是谁都明白的浅显道理，又有几个人真正做到了不负初心？随波逐流，司空见惯，人山人海，船行水逆，波横舟慢，行的不也是豪气风流？而在生活中，"自我"这个词常常被当作贬义词，某某太自我了，就是说他总是以自己为中心，不顾他人感受，固执地执着于自己。其实不然，真正的"自我"是做自己的主人，为自己而活。

每颗心都有存在的理由。我们每个人自出生起，便意味着这个世界多了个独一无二的存在，每个人也便有了存在的价值与意义，对我们而言，真正的职责只有一个，就是找到自我。大文豪马克·吐温曾梦想经商，四处奔波，费尽心思到头来却血本无归，最后发现自己在写作和演说方面有天赋，成为我们所熟知的马克·吐温；思特里克兰德流浪一生，追逐自我，不被世人理解，最终"在满地都是六便士的街上，他抬起头看到了月亮"。也许正如约翰·库切所说："你内心肯定有着某种火焰，能把你和其他人区别开来。"燃烧内心的火种，能令自我价值在岁月风沙中光芒万丈。

做好自己，勿被他人牵绊。常会在意别人的看法，努力做好别人眼中的自己，其实是在不断失去自己，不懂得与自己促膝长谈后握手言和。蒙田有言："世界上最伟大的事，是一个人懂得如何做自己的主人。"余华也说："我们是为了自己活着而活。"不是其他任何东西，在为自己而活的过程中，你不必在意你身旁的人是谁，只因他们终将是你旅途中的过客，是流星划过天际还是星空缓慢升起，是浮光掠影般的痕迹还是刻骨铭心般的印记，答案会在追寻自我的时间中显现。

做好自己，勿徘徊，才是终身幸福的开始。"我们不是万物的主人，却是自己世界的主宰；我们无法改变他人，却可决定自己"。人生在寻梦的过程中，不过是不断找回自己，懂得自己想成为一个什么样的人，坚持做自己，爱自己。生命短暂，如野花，似流水，在有限的时间里要活出无限的精彩，就注定我们无暇顾及他人，必须匆匆奔赴路途。

朝歌白露，人生几何。寥寥几十年，人们在人生中与自己周旋，又不断和解。太宰治有言："所谓世人，不就是你吗？"人潮奔忙之中我们难免迷失，但扪心自问：如果你被全世界理解，那你该平庸若何；如果你被自己误解，那又是怎样麻木？美国诗人纳丁·斯特尔在《我会采更多的雏菊》中写道："如果我能够从头活过，我会试着犯更多的错。"书末附言："何必要等重来一回呢，此刻就可以开始。"此语正中下怀，做自己永远不会晚。

人生兜兜转转，周旋许久，最厉害的事便是"宁作我"罢。我亦作我，奔赴星河！

燕知鸿鹄梦，人树凌云志

《说文解字》："志，意也。从心之声。心之所向，即为志。"铅刀虽软，却不失磨砺成为锋利宝剑的志向；萤火虽弱，亦希望与日月之光肩并肩；水滴虽小，但也能做到水滴石穿。物如此，人亦然。

志不立，天下无可成之事。

志向如同夜里海边的灯塔，散发着耀眼而夺目的光芒，在向因黑夜而迷茫的船只招手。苏轼有言："古之立大事者，不惟有超世之才，亦必有坚忍不拔之志。"凡成大事者，除却其超世之才，在他们行动之前便立下鸿鹄大志。从陈涉的"燕雀安知鸿鹄之志哉"，到霍去病的"匈奴未灭，何以家为？"再到周恩来的"为中华之崛起而读书"。纵观历史，无数仁人志士，正因为树立了"为天地立心，为生民立命，为往圣继绝学，为万世开太平"的坚定志向，矢志进取，才成就了人生的意义与价值。

泰戈尔有言："如果一艘船不知道该驶去哪个港口，那么任何方向吹来的风都不会是顺风。"如果你不知道将往何处去，无论你往哪个方向走，都将会迷路。唯有立下凌云志，有了前进的方向和动力，才能为之拼搏，才能成就自己的人生。

志已立，还需不畏磨难，砥砺前行。

正所谓："士不可以不弘毅，任重而道远。"在踏上征途的时候，我们就应该做好面对一切磨难与挫折的准备。像司马迁那样以写出

"藏之名山，传之后人"的名书为志向，虽遭受宫刑，却创作出"史家之绝唱，无韵之离骚"的《史记》；像徐霞客那样以"探奇于名山大川"为宏愿，虽多次遇险，险些丧命，却留下了《徐霞客游记》；像柯洁那样以"成为世界围棋第一"为志向，虽被智能机器人打败，却仍在围棋路上一路高歌向前。要清楚地认识到"梦想不是受生活所迫而产生的目标，而是有了这个目标，甘愿受生活所迫"。"艰难困苦，玉汝于成"，越是困难，越要坚持，越要坚持不懈地为理想去奋斗。

志若成，还需向下一个目标发起进军。

所谓"学无止境"，若你已达到自己所定下的目标，还请收敛骄傲，重拾如履薄冰的谨慎和一往无前的勇气，向下一个目标发起挑战。切勿沉沦当下，在荣耀中迷失。谨记，没有最好，只有更好。你的成功并非天经地义，而他人的失败也并非命中注定。事事皆可逆转。你必须在梦想拼搏途中，不回头，不留恋，不沉沦，一往无前。要记住世上从未存在"最"的事，只有"更"的叠加。

铅刀有干将之志，萤烛希日月之光。蜉蝣寄于天地之间，锦鲤宁跃龙门，蝼蚁亦能筑千里之穴。"有志者，事竟成"，愿吾辈青年树凌云志，不忘初心，踏上征途，将希望寄托于当下，寄托于自我，寄托于拼搏，做到凡心所向，素履以往，终有一日，会迎来心中的那片星辰大海。

心存善意，谨慎为"神"

窥屏看见你可笑嘴脸，寄生网络肆意疯癫。

——题记

在世相纷繁的世界里，总有一群人站在道德的最高点振臂高呼，暗箭伤人。他们披着隐身衣，他们以为自己是至高无上的神，可这个世界上没有一个狭隘自私的人变成了神。

我之前听闻在陕西西安的一家医院里，一名医生在连续做了8个小时的手术后，因体力不支"豪饮"葡萄糖。这名医生叫郑涛，因手术后喝葡萄糖的视频在网上走红。然而网络带给郑医生的不是挽回生命的感谢，不是精湛医术的赞美。那群至高无上的"神"跳了出来："郑医生喝的这瓶葡萄糖给钱了吗？会不会算在病人的账单上？"

郑涛医生十分无辜，他也给出了回应："成本不会算在患者头上。"我看着看着眼泪打湿了眼眶。当他竭尽全力地去拯救别人，结束后疲惫得连手术服都无力换掉，只得倚在墙上大口大口地喝着那瓶救命的葡萄糖，世人却因丁点儿利益刺伤其柔软。我为他们感到惭愧。

学医可以医病，但却医不了"愚"。鲁迅先生说学医救不了中国人，于是弃医从文，用文字作为他救国救民的工具。但那些隐藏在网络背后的人，你不是鲁迅先生，你更成为不了鲁迅先生，你更不是主持正义的"神"。你的文字只能彰显你的无知与自私，显示你的残忍与冷漠。请不要为自己的苟且得意，不要嘲讽那些比你更勇敢热情的人。请心存善意，我们可以卑微如尘土，但不可扭曲如蛆虫。

岁月清浅

何谓清浅？冷月凝空，疏影横斜，清浅是月影滴落清茶盏里的剔透；烟雨蒙蒙，花柳迷离，清浅是寒雾袭面远湖上的润朗；寒水止静，深渊沁骨，清浅是静水敛寒堕底升的隐芒。岁月清浅，不过是于久暗处独自剔透清曜，长雾中独自润朗心明，寒潭上独自隐芒平静。人生本就是一场无休止的躁动汹涌，我心皆静，岁月清浅，流年清欢。

月长明，徘徊斗牛间，一如其朗朗不阑珊，明明不染浊，遗世独立仙子般，清明剔透。屡次被贬的苏子，望承天寺清月，观赤壁仙月，在浮沉中也窥得本心。"自其不变者而观之，则物与我皆无尽也。"月尚有阴晴圆缺，岁月必定沾染铅华，若"菩提本无物"，那么"何处惹尘埃"？逆旅过客的我们，纵使风尘满身，沉霜布面，也要守得内心清明，纯洁剔透。以出世之心向往圣洁，行入世之事体味俗世。愿你风尘逐斜阳，残阳断尽，暗影流转，得遗明心守孤零清浅。

"人世光阴花上露"，世俗所追逐的纸醉金迷也不过是花残尽，柳生绵，花柳迷离，醉了一湖多情水。清水生寒雾，有时如灌顶甘露，朗润心脾。世间妖靡惑物，缠笼人心，迷雨重重，留得寒雾驱破。蕴一湖清寒薄雾在心田，清能净心，寒能刺魄，洗涤一寸净土，留住一眼桃源。

寒潭深千尺，浅观方尺余，深渊之下，藏隐芒暗锐，近之可感受。"凄神寒骨，悄怆幽邃"，柳宗元被贬永州，寄情山水，为文学史添上了浓墨重彩的一笔。正如他与潭的一生，内蕴锋芒，却谪居僻野，沉浮几许，沉默稳重，不露锋芒，是谓愚？其为大智，深自孤寒凄凉，内蕴惊渊锋芒，平静不扰，平淡不躁。世间本多惆怅客，何不"独钓寒江雪"？生活教会柳宗元平淡平静，几分清浅，流于言表。

　　岁月清浅，原本来自自我的尘世剔透，迷茫润朗，静心暗芒。"人间有味是清欢"，岁月无言为清浅。苏子柳客，几番沉浮，方知清浅。明月，远湖，寒潭，固守清凉本心，体味清浅岁月，沉沉浮浮，世间常态，清清浅浅，我心所向。

那一树杨花

细看来，不是杨花，点点是离人泪。

——题记

心是一棵树，一个个故事被年轮携载；一回回驿动与飞鸟相约；一次次碰撞使他绵密柔韧；一幕幕经历磨砺出他成熟的灵魂。

乡间小路。

破晓，清风寻花。

独自一人在这乡间小路上徘徊，我也不知在寻些什么。清风拂来捎带着落花，落在我的肩头。我伸手将它取下，摊开手，哦，原来是杨花又落了。那年，故人走时，也是这样的呢……杨花随风飘然而来，又随风飘然而去，萧萧而过，却令人肠断。掬一捧杨花，归家。

"似花还似非花，也无人惜从教坠。抛家傍路，思量却是，无情有思。"杨花也是有情的吧，它虽未落泪，可仍心系大地。

梦里寻君。

夜阑，人静。

玻璃杯中的杨花在月光下散发出温暖的光，流进我的梦中，梦海微微荡漾，渐渐地，出现了一棵杨树和一个身影，杨花徐徐飘落，他站在那落花之中，身影是那么魁梧、伟岸。可是我慌了，他的面容在落花中影影绰绰，我想去寻他，可梦散了……故人啊，你不回来了吗？

"梦随风万里，寻郎去处，又还被莺呼起。"杨花也是可怜的吧。

小园怀古。

薄暮，小园。

坐在凉亭中，亭旁的杨花洒下花雨，想起昨夜的梦，泪满襟。那最爱的人，也是在这亭中，也是这样的花雨，他唱着歌，曾用手揩去我的眼泪。我看着他，他那敛着泪意的双眸，像清晨杨树上的凝露，他，竟是哭了……

杨花落在地面上，与夜幕相衬，犹如水光闪闪。"细看来，不是杨花，点点是离人泪。"

那一束杨花像是曾经的日子，即使眷恋，即使不舍，最终也离岁月的枝头而去，而那满地的落英缤纷，则是留给自己的回忆。

生命之旅

生命就像一场漫长的旅行，途经许多美丽的风景，增添些许趣味，也会遇见戈壁险滩，阻碍你的前行。但生活不会因此而停止，生命仍在进行。

一个鱼群，浩浩荡荡地从大洋奔向河流，时隔四年，漂泊在外的游子们——鲑鱼踏上了回家之路，数千条河正因这场行动变得热闹非凡，每个动物都计算着日子赶赴这场盛大的狩猎者的狂欢宴会。

鱼群离开大洋的路途并不顺利，鲸鱼、鲨鱼，嘲笑这些不懂变通的鱼群，每年必然从这条路径通过，使自己只需等待便可饱食许多顿，但鲑鱼不管它们，也不与它们恋战，只管前进到达河流，到达它们的目的地——家乡。

终于，经过日夜不停地赶路，鲑鱼们到达了河流，此时的河流已不能再叫河流了，河里每一滴水里仿佛都有三四条鲑鱼。数以万计的鲑鱼在河里徘徊着，养精蓄锐准备发起最后的进攻——越过逆流，到达家乡。

但等待它们的还有岸边虎视眈眈的狩猎者们。棕熊妈妈带着棕熊宝宝从自己的领地跋涉千里来到这里，它知道这场洄游可以让自己和孩子饱食，一头接一头的棕熊从自己的领地来到这里，三三两两地分布在河的两侧，平日里独居的棕熊聚集在一起却没有打架，只是安静地等待。鸟儿也早早地在空中盘旋着，寻找有利的地形。

但天空也早已没有空隙了。

一条鱼突然跳起来，冲向逆流，千万条跟着跳了起来，旁边等待已久的棕熊也动了起来，一跳一扑一咬，几条鲑鱼悄然死去，天上盘旋的鸟儿瞄准时机，冲向水中，再飞出时，嘴里赫然衔着一条拼命挣扎的鲑鱼。它们奋力跳起，但只有石头青黑的脸面对着它们，撞得头晕眼花；奋力跳起，后退的激流又将它们带回原地；奋力跳起，棕熊厚实的巴掌和血盆大口迎接着它们；奋力跳起，它们无所畏惧，一心想着回到故乡。

穿过逆流，它们终于到达了故乡，但它们无暇为那些死去的同胞悲伤，因为它们忙着与时间赛跑，忙着在有限的时间里交配，繁衍自己的后代，又以自己的身体作为温床让鱼卵在这里安全地孵化。在经历种种磨难后，鲑鱼已精疲力竭，最后和着故乡的泥土在水底长眠。

几年后，小鲑鱼们也会像它们的父母一样，踏上艰难的回家之旅，如此循环往复，周而复始……

独自倾心向太阳

盛夏是向日葵灿烂绽放的季节，耳畔忽然响起那句"做一株美丽的向日葵，当阳光洒下的时候，静谧、安详"。我决定去拜访那倾心向阳的葵花……

刚想出门，天空却乌云密布，将大地笼罩。我撑着脑袋趴在窗边，心中泛起一缕愁绪。我重重地叹了口气，目光望向窗外，那耀眼的金黄充斥着眼球，似是毫不畏惧即将来临的暴雨。我心中微颤，它们能经受住这场暴雨的洗礼吗？

天空闪过一道白光，雷声也开始震天动地，我同情地望了望那片金黄，关上了窗户。这场雨或许会让它们失去生气吧，我默默地想着。我拿起书，打发着无聊的时光，时间悄然流逝，我沉浸于书的世界，一句话赫然映入眼帘："做一株美丽的向日葵，当阳光洒下的时候，静谧、安详。"心中闪过一片金黄，我急忙拉开窗帘。

雨依旧下着，一束连一束重重地砸向地面，那金色的海洋猛烈地翻滚着，却倔强地不肯倒下。它们相互扶持着，即使身处狂风暴雨中，却仍将最灿烂的笑脸偏向那透出一丝红晕的天空，每一片颤抖的绿叶都透出希望。我的心被震撼，久久不能平静。

雨过天晴，我走出家门，跑向那片金色的田野。阳光已轻柔地洒下，亲吻着大地。向日葵在徐徐清风中慵懒地舒展着身子，向着太阳露出温暖的笑脸。每一片花瓣都似水晶雕成，每一滴露珠都似仙露琼浆，在阳光的照耀下发出美丽的光芒。空气中洋溢着甜蜜的花香，沁人心脾，闭上眼，各种声音响于耳畔，仿佛奏着一首金黄而热烈的曲子。蝴蝶翩翩飞舞着，发出优雅而轻柔的声音，蜜蜂飞快地穿梭于花海间，发出轻快而灵动的声音……

绿叶也情不自禁地舞动着，汇成一片翻滚着的绿色海洋，随着风泛起阵阵涟漪。远处，几座白色风车悠悠地转动着，令人感到惬意。被暴雨冲刷后的天空没有一丝杂质，只是一片淡蓝，在与大地的交界处和金色融合，与碧绿相衬，呈现出一幅和谐美丽的画卷。

我久久凝望着，心中似有一颗种子破土而出，向着暖阳绽放笑脸。那倾心向阳的葵花永扎根于心田，迎着阳光肆意生长。

山月记

　　好像船只覆亡，我溺死在这梦中。梦里是灌顶的海水，大口大口含着苦涩的咸。身体极速麻木地转，伸手却抓到一片虚无。

　　醒来，才发现海水还残留在我的眼角。我胡乱地擦拭，乡愁却恣意弥漫开来。又是中秋月圆夜，那遥遥故乡，必定不似我这般寂寥吧。庭院无人，我索性披衣起身，顾不得赤脚。我在院中闲逛着，频频失神，抬头瞧见满天繁星，忽明忽暗，闪烁着，寻觅着，一如我不可言说的怅惘。行至池塘边，我瞥见了你。所有的星星都黯然，忠心耿耿地环绕着你闪耀，而你多清冷皎洁，孑然一身在枯槁的树顶上。你那洁白的光辉洒了我一身，填得我满眼都是。

　　我轻嗅花香，抬头仰望你。风中尽是来自你的独特香气，那么缠绵，那么醉人。多少过去的岁月在无尽相思中度过，或许是对流年的缅怀。细想开来，竟然馥郁得让人心悸，分明不是百花齐放的岁月，偏偏要在这时献宝，引得我浮想联翩。或许是年轻时因了什么事情而无法淡忘吧，此去经年，始终在脑海挥之不去。满树的丹桂是你的厚礼，开得是那样的贪婪，就像婴儿吮吸母乳那般，舍不得放下。流光啊，慢些走吧，让我把这人间的风韵景致赏个够，沉淀下来，便不会充满哀愁。"千里共婵娟"就已经揭示了思念与生命的本质与世事无常。又何必去与污浊较真呢？无论阴晴圆缺，月儿的光彩总是明朗的。伴随着沙沙的风声，簌簌的叶声，此起彼伏的虫鸣声，月的跫音来到了。月亮编织的夜色与雾气笼罩着，我坠入这场梦幻的洗礼。那高悬着的是玉盘吗？为何盛满了闪闪的光华？是雾霭吗？为何罩得四处如洞天仙境？或许都不是，你是裁缝，缝补了我爬满虱子的伤痕。晚风吹来乡愁，吹走无数的隐痛。不知道能否将我绵长的思念推送至远方，那远方的家，是否沐浴着相同的月光，沉溺在相似的花香树影中。

今夜，月儿抚慰我无处安放的灵魂，相较之下，万家灯火失了光彩，而在无垠的宇宙中所见到的、所感到的只有你。想为你哼一首晚安曲，却难以启齿，怕不及你半分轻柔，弄巧成拙扰了虫儿的梦境。思索中，只见你在塘中嬉戏，惹得水儿也羞，层层涟漪。后来激起浪花，溅了宇宙一身，从此夜里星河长明。池塘蛙鼓，山野虫鸣，月亮无需开口，世间万物为其奏鸣。

云纱将你蒙得亦真亦幻，似有似无。天空是浓墨般的黑，你静谧幽远，撒下点点、丝丝的朦胧。"愿我如星君如月，夜夜流光相皎洁。"在你一尘不染的光辉里，只感身外之物皆可抛却。梧桐零零落落，在风中翻跹。拾一片落叶，叶上杂乱的脉络是我无法言说的心绪。思念是徒劳无功的，我沿着一地枯叶前行。独自走过萧瑟的秋，凛冽的冬，难明的长夜，飘摇的风雨，才算成长。

一阵山风吹来，润心泽脾。你在浓雾遮掩中，空灵柔美。这世间的灰暗与清明你尽收眼底，日复一日地承受着尖锐的别离、俗套的闹剧与无处安放的相思，却仍以皎洁拥抱这个世界。我没有见过西塘的风景，今夜以后，拂晓、流岚、歌吟都不及你。

虫儿把温柔揉进了叫鸣，家家户户息了灯光隐匿在夜色编织的美梦里。晚风推送着，寄来一日温暖，一夜好眠。

钟于平凡，拒绝平庸

我是一株野草，隐藏于青绿之间；我钟于平凡，但拒绝平庸。

——题记

我生于初春，生生穿过层层的土被。我是万千粒种子中的一颗，但我从不享受贪恋这点温暖，我逐个击破覆盖在我身上的"温柔"枷锁，终于在初春，释放了我可怜的柔绿。仁慈的大地愿意养育着平凡的我，我感谢这天地的恩赐，却不甘于平庸的境地。

我荣于盛夏，扎根于深深的土壤。我在盛夏的风雨与热浪中成长，我任由粗暴的雨滴击打我还柔嫩的叶片，我从不惧怕，因为他打不倒我，他会成为滋养我的养料。我是万千欣欣向荣的野草中的一株，我们都钟情于平凡，却拥有拒绝平庸的心境。热情的夏送给了我们引以为傲的强大生命力。

我衰于深秋，却从不败于深秋。他妄想收回盛夏赠送我的强大活力，他让清凉的秋风向我袭来，让清冷的雨水浸泡我，他想让我畏惧。他强行让我看到百花凋谢，枯树昏鸦，他以为我会变得软弱，向他就地屈服。但我是野草，我是生生不息的野草，我很平凡却也同样伟大，我同枯竭的深秋抵抗。我的平凡，不会束缚我不甘平凡的心。

我枯于寒冬，寒冬却无法摧毁我的生命。他比深秋更残忍，比深秋更冰冷。他让万物沉寂，他想让我们屈服于他强大的威力。我是野草，我很平凡，但我从不惧怕。他的残酷只会让我更愿意挑战他的强大。或许四季轮回会使我枯萎，但只要等到春风拂过，野草会再次向荣，便能顺着大地，绵延到天边。

　　我似乎，也的确只是一株平凡的野草，我承认自己的渺小，但我拒绝做一株平庸的草。若是给我一阵风，我也会乘上悠远，飞到更高更远的地方。

困　境

　　但凡能被我们称作困境的，总会有些不凡之处。"生命是建筑在痛苦之上的，整个生活贯穿着痛苦。"罗曼·罗兰如是说。或阅遍山川河泽之胜，感天地之无疆；或踏破沟壑荆棘之强，悟世事之无常。

　　面对困境，不应无所事事，颓废不前，相反，要有一颗永不屈服的坚强之心。唯有在困境中突围，才能超越自我，超越生命。

　　困境可以历练出一个民族、一个国家的文化厚度。我读杜甫的草堂，方知杜甫是一朵在困境中绽放的奇葩！那是一个风雨飘摇的时代，在颠沛流离的战乱中，任何高贵的灵魂都不能诗意地栖居，杜甫那"至君尧舜上，再使民俗淳"的圣人之志在困境中更是笑谈，他在《茅屋为秋风所破歌》中高呼"大庇天下寒士俱欢颜"，他的娇儿夭折却悲悯"朱门酒肉臭，路有冻死骨"。面对困境，他没有自怨自艾，反而心系苍生。若无一番痛入骨髓的磨难，若无广大博爱的胸怀，又怎会成就诗圣的格局与气度？

　　困境可以塑造一颗真正的赤子之心。作家王安忆曾于隆冬的夜晚拜访史铁生夫妇，他们请她吃饺子，后来王安忆在纪念散文中回忆道："无论他说多么伟大的经历，多么宏大的道理，我都愿意接受，可他只说吃饺子。"是的，对于史铁生来说，除了写作，对于苦难他总是闭口不谈，哪怕它们贯穿他的一生，从青年残疾到至亲离世，他大可将这份遭遇搭配煽情的话语，用抑扬的语调来标榜自己的顽强，然而我们狭隘地揣测了一个用生命触摸困境的灵魂，他怎会如此浅薄！他于困境中完成自我救赎，成就非凡事业，超越生命。

纵览古之先贤，多能在困境中超越生命，此真"大人"也。

文以载道，言以明志，揆诸当下，沉迷于"佛系"人生岂不痛心！吾辈青年应在困境中突围，超越生命。

选择生活方式

人因为热爱生活而更容易被治愈。

——题记

生活可以很平淡，日出而作，日落而息；生活可以很肆意，燃烧梦想，激情超越；生活可以很浪漫，耳鬓厮磨，鲜花红酒；生活可以很悠闲，阳光午后，书香做伴。每个人的生活都是独一无二的，闪光或黯淡也都是我们自己的选择。

人间烟火味，最抚凡人心。我们可以选择不同的生活方式。

清冷是很舒服的。山本文绪一个人的生活也很让人向往，"爱吃的东西，就算剩下第二天吃也不委屈。我平常晚饭就吃得很少，三天里还有一次不想吃的时候，但和人一起生活就很难坚持自己的想法。"

一个人逛街，一个人吃饭，一个人旅行，一个人可以做很多事。一个人的日子固然寂寞，但更多时候是因寂寞而快乐。极致的幸福，存在于孤独的深海。她的生活方式充满了自由与安静，就像在大海里遨游，感受每一滴生命。"真自由啊，什么都可以做，哪儿都能去，想到这儿我就高兴得一塌糊涂。"

疯狂的生活让人热血沸腾。国外的一名跳伞博主经常在网络上更新自己跳伞的视频，他的生活里除了跳伞，还有攀岩、蹦极、滑雪等一切拨动人神经的事物。他在一次采访中说道："我这个人是静不下来的，要让我坐着看一整天书，那简直是要了我的命。"他的生活方式满是挑战与刺激，是与常人不同的登峰造极。

　　与以上两种生活方式有很大差异，现实生活中的大多数人选择的是忙碌，而我们在一次又一次的选择中，只看到了自己，却没看到在维护自己"高尚"的生活方式的同时对别人的影响。这可不是我们选择生活方式的准则，还望诸君引以为戒，不要为了一点蝇头小利去损害他人的利益。

　　你可以成为任何你想成为的人。外界对苏珊·桑塔格的评价是：天生丽质的容颜和豁达理性的思考，与生俱来的特立独行，也注定了她不可复制的一生。她很迷人，因为她擅长做自己。做自己，这也是选择生活方式的原则之一。不必在意别人的眼光，矮小也好，肥胖也罢；衬衫也好，裙子也罢，顺从本心才是最重要的。

　　生活方式各种各样，对生活方式的选择也数不胜数，只能说，我们要对自己的选择负责。希望诸位保持头脑清醒，热爱生活，能够找到属于自己的、特别的生活方式！

仪式是人生地图上的经纬

生命旅途中总有些深刻的路标与感动的注脚，它们是灵魂胜利的夺目绽放，是春风化雨的细微滋养，是关乎成长的厚重铭记。生活需要仪式感，它们不是简单的句读与交代，而是无尽的回望与感动，仪式是人生地图上的经纬。

仪式可做润物无声的教育。仪式是一本爱国教育之书，青年翻阅，无尽熏陶，山河与家国之情怀已深深扎根、蔓延。如君所见，仪式是一场润物无声的教育，听者难以忘怀，闻者遂思不止。

仪式可做甜美馥郁的花卉。生活不是坦途，阳光不可能时刻倾慕你。但有了生活的仪式，我们的人生地图仿佛多了一道经纬，是起伏的山川，是延柔的细流，是回忆的甘甜。每当你失意时，身边的亲朋好友赠予你的关怀与感动都是甜美馥郁的花卉，仿佛告诉你，你也是这个世界正在拆开的礼物。王小波说："我们不能选择怎么生，怎么死。但我们能选择怎么爱，怎么活。"生活有仪式感便是甜美而温柔地活着，它们是我们成长中无尽的温暖，铭刻便是幸福。

仪式可做生命转角的路标。什么时候升学、留学、入职、创业等，都是人生一处转角的"山有小口，仿若有光"。不同时代的莘莘学子皆于平淡的岁月中做着意义重大的决定，"鹏北海，凤朝阳，双携书剑路茫茫"。此刻的小小仪式所赋予的意义是期许，是来日方长，少年不惧的路标。日子可重复，但从那刻起，少年便有了不同的人生。

仪式梳理着暗涌的情感，交代着勃发的希望，不仅是朋友的举杯相庆，家人的促膝细语，更是勇敢前行的祝福。仪式是生命转角的路标，是少年意气风发的经纬。

生命短暂如歌，生命冗长似河，仪式记录着我们的成长。人们凭借仪式通往未来，回望过去，铭记当下。这经纬是血脉，是绿意，是人们最独特的回忆。

心灵深处的快乐

　　人的心就像是一块透明的玻璃，上面绘满了五彩斑斓的图案。快乐如同绽放其中的一朵朵鲜花，"嘭"地又开了一朵，在我心灵深处，也有着属于我的快乐之花。

　　当我在沉闷的钟声里醒来，漫不经心地推开那扇因经年的岁月而变得滞重暗哑的房门，看见天井里那株矮小的迎春，在寒冷的淡雾中绽出一朵淡黄的花儿时，心里仿佛被什么细小的东西猛叮了一下。在一种莫名的激动和战栗中，我深深地吸了一口凛冽透骨的空气。我知道，春天来了，春天真正地来了。这来到我天井中的第一朵鲜花，以其淡雅的馨香和宁静的妩媚，默默地告诉了我这一消息，春天来了，天空将又一次迎来缤纷的风筝和悦耳的鸟鸣。春天来了，大地因此又一次盛满绿草和歌声。心"怦"地动了一下，鼻中充溢着清润的空气，也夹杂着馨香的气息。不禁打了个寒战，对呀，现在还是冬天，依旧很冷，不，迎春都开了，春天来了，心中十分矛盾，记得昨夜的梦中，还有风雪将我一次次喊醒。而更远的一些时候，当我看到这些在漫天风雪中瑟瑟颤抖的纤细枝条时，还曾情不自禁地为它们美好而脆弱的生命担心不已，然而现在，春天如此结实地来到了。这朵鲜花，也如此真实地来到春天，来到我的血液和灵魂了。嘴角微微上扬，浮现出一丝笑意。

　　哦，春天来了，春天真正地来了。淡黄的花朵，在微风中轻轻摇动，手指指向春天，笑着、笑着，忘却了一切烦恼，只有快乐，在心中流淌，也许，寻找到春天，才是真正的快乐吧！春天，踏着细碎的脚步，哼着小曲，似一个柔弱的姑娘，但历尽艰辛，也到达了目的地。

面对那带着浅笑的小巧面孔，我不禁想起不算太长的生命旅程，经历的一次次艰辛和喜悦，那声在雪地深处响起的微弱而真切的轻声呼唤，那双在我快要绝望地放弃时伸来的援助之手，那盏在我只想躺在地上，不愿起来行走时的耀眼的明灯……这样简单而真实的关爱，这样微弱而深刻的光芒，曾像这朵盛开的鲜花一样，激励着我再一次奋然前进。就像我们的生命，是必须要经历漫长的跋涉和坎坷，才能到达那风景迷人的峰顶，而那峰顶，也只有经历期待和失望的磨砺，才会更加美丽迷人。

欣赏鲜花，与花共语，快乐满怀，这就是我心灵深处的快乐！

不能失联的热爱

月亮不会奔你而来，但你可以永怀热爱追光而去。

——题记

在过去的亿万个时光碎片里，我们看到了朝代如何变换、岁月如何更迭，看到了黑暗压迫下祖国的日益腾跃，看到了困苦艰难中青年的为中华之崛起而奋进。于是，被风吹过的那几页，留下了名为信仰的痕迹，那是曾经的青年誓创家国荣耀，热烈而深沉的爱意。那些轰轰烈烈的勇气，被一点点载进厚重的史册，永远在历史的长河中熠熠生辉。

21世纪，我们同为青年。

夜晚悄然降临，晚风轻抚着大地，从云层间穿过的银色光辉，同城市的静谧渐渐融成一首无人知晓的歌谣，神秘的风声从地平线掀起了微微风浪。时针定格在了午夜12点，有的青年却已经苏醒，开始了准点活动。随着音乐旋律的响起，他们哭泣着，呻吟着，疯狂着，他们被称为"网抑患者"。白天梦醒之际，会议的催眠曲总是令人格外心安，网吧、KTV提供着不竭的动力，心态达到"超然物外"的境界，堪忧的生活质量也丝毫不"打击"他们"特立独行"的心境。

即使鲁迅先生到这儿也只能无奈地"哀其不幸怒其不争"。不知道从何时起，"丧文化"与"非主流"风行起来，青年们装起了抑郁，追求着所谓的丧的潮流。

这就是新时代的青年吗？

懒惰，消极，不思进取，放逐自我，思想颓废，无疑到了病态的地步。21世纪，这是一个最好的时代，在新世纪的风口浪尖，我们可以是勇敢的弄潮儿；面对旧世纪的顽固思想，我们可以是耐心的清理工。上一辈的旧思想与这一辈的新思想既互相融合，又不断激发矛盾冲突，导致青年容易叛逆沉沦，容易对世界产生误解与怀疑。久之，人们的性格朝着不同方向发展，有人熬过艰难学会成长，也有人心中无望自甘堕落，成了"重度患者"。或许是复杂的家庭原因，或许是迷失于人际关系，或许觉得生活充满挫折，一切都毫无意义。可是人生既不会始终行驶在风平浪静的水面上，也不会一直在蜿蜒盘旋的山路上曲折迂回。人的内心如果不种满鲜花，便会长满杂草，感谢所遇到的，珍惜所拥有的，相信一切都是最好的。因为你永远不会知道明天和意外究竟哪个来得更快，就像你不会知道你的同事昨晚是否被外星人掉了包，口袋里不翼而飞的钱或许偷偷长出了脚。

每个人都有自己所热爱的事物，眼底都有名为信仰的光。只是有人在大雾四起时迷失航向，偏离梦想的航道；可仍有人心怀热爱追求太阳，再次掌控人生航向。即使你现在的处境依然很糟糕，也不要放弃希望。人的所想所念与目光所及，都是心之所向，即使现在眼里有霜，也应满怀希望，素履以往。因为还没有到达穷途末路的境地，我们又何以判别自己是否身处"人生的末班车"呢？所以，别怕，那抹热爱里，有光！

向日葵永远追随太阳的光芒，但总有阴云阻挡了光芒的时候，正如同人也有低谷的时期，当然，向日葵没有"网抑"的机会。那怎么办？可是一个人不是生来就要被打败的，你尽可以把他消灭，但却战胜不了他。心中有对光的热爱，黑暗中也有明确的仰望弧度与方向。老人在同大海勇猛地搏斗；海伦·凯勒仍向往着三天光明，一片枯叶的脉络都让她对这个世界心驰神往；《时间简史》留下的是霍金的乐观睿智和对整个浩渺宇宙的热爱；史铁生年轻时遭遇车祸后双腿截肢，在历经漫长的挣扎与岁月洗礼后，仍然用宁静淡泊的文笔写就了《我与地坛》，他的文字里对生命的思考与盛赞给世界带来莫大价值……或许那是如海燕搏击暴风雨的勇气；或许那是如松柏穿破绝壁的坚韧；或许那是如溪流奔腾入海的热情。万物的生长总是具有向光性的，生活的意义也是朝着美好的方向坚定不移。我们拥有春光、艳阳、秋月、冬雪之美好，不必冒胸膛堵子弹、血肉筑边防之艰险，不必受长街高呼"外争主权内惩国贼"之屈辱，不必尝天灾饥荒、颠沛流离之疾苦，又何必因生活的点滴不如意而抑郁？或许眼前是困难的迷惘的，如果说运气不好，那就请试试勇气吧，生活本是沉闷的，但跑起来就会有风，风起云散天边总有光亮透射于心间。

　　夏天的离开留下遗憾，秋风的凉寒还未吹散心头的雾霭，冬天已伴随着阵阵飘零的枯叶来临，那么春天，也就不远了。

　　是该做点什么了，同永不失联的热爱来一场大冒险吧。就像是夜行的旅人，你大可不必介意夜色的浓淡，只需勇敢地走，因为黑暗的对面终究铺满了光。

时间的流淌

　　时间的长河从遥远的从前流淌到现在，他有时像个孩子一样活蹦乱跳，奔腾过山野，跨越过山海，带来风霜寒冷，流走星辰浪漫，他的脚步轻盈、旋转、跳跃。他有时又像一个强壮的青年，沉稳平静。他默默地走过无数战争，好像心是冷的，不会为此停下脚步，又如沐春风般地带走一切苦难，让这片大地重焕生机。他的脚步规律，坚定前行。他还像一位垂暮的老人，混浊的眼中暗藏着精明的目光，他能看透世间一切善与恶，美与丑，没有什么可以在时间的流淌下不露出本性。

　　当你年纪尚小时，时间就像一位慈祥的兄长，他温柔流淌，教会了你走路、穿衣、吃饭、写字。在你稍大一些时，他便严厉起来，让你经历大大小小的风雨，想要借此使你长大成熟，独立坚强。他是如此的公正无私，他没有哪一刻为谁驻足，他只会或急或慢地往前走，不回头。在睡觉中、吃饭中、玩耍中、刻苦中，他的脚步都是以同样的速度向前迈进。

　　若不珍惜他，他不会叫你清醒，只会在以后某个时刻让你除了抱头痛哭以外不能挽救任何事情。他公正大度，无私冷漠，不会让一个悔恨终身的人重来。但是，若你珍惜它，努力向前，目标坚定，他则会在未来的日子里让你大放光彩，成为人生赢家。他温暖、慈祥、和蔼、坚定，让那些始终付出的人得到回报。他像一把巨大的量尺，衡量世间的是非对错，没有谁可以逃脱。

他跨越人海，在灯火阑珊处与我相遇。也许，从前的你珍他、爱他、惜他，不会让他的脚步声就这样泯于你的耳朵，灭于你的心海，但现在，你是否还一如既往地在乎他，你是否早已把他弄丢？

他又好像并没有远去，而是一直伴随着你，一直到你生命的尽头。他一吹熄那万千烛光中那最微弱的一点，他的使命便完成了。亲爱的朋友，如果那一天真的来到了，你千万不要哀愁感伤，抑郁沉闷，因为他根本不会以宽厚的方式安慰你的灵魂。一切都在自己呀，你的心在行动，在为理想付出，不管你在迷途上走多远，只要愿意停下，回头就会发现他还在身边一直默默陪伴着你，你虽然不能从头来过，却可以往后一路珍惜！

愿你们可以发现时间的璀璨，绽放生命的光彩！

一池疏影落寒花

我听见，尘埃坠落的旋律。

搅碎的沙粒炸开，滚烫炽热地燃烧着，撕破记忆成碎片，竭力寻觅往昔的温软与热情。从前很漫长，殊不知，竟也仅存半分余暖，我紧握那颗心，生怕它在不知不觉中溜走。微风梳理轻絮，说停留守候不能太久，要找寻新的自由。

夜色茫茫漾漾，树叶也在遐想，是否有一个孤独魂灵在缥缈的梦境游荡，来来回回，漫无目的。缺失的月亮隐在云里哀愁，我只泛一叶轻舟，把揉碎的花瓣撒进寂静的湖泊。谁都不会真正让别人知道自己的阴暗面，那是阳光之下的黑暗深渊，是平静湖面下的暗流涌动，寂静无声，黑暗可怕。

不安和恐惧在发丝上跳动，陌生的环境是一座孤独的花园，我站成了唯一的一棵树。融合不难，可我也偶尔会想享受安静，倾听心灵的旋律，冷漠惆怅又热闹非凡。窗外的雨，以肆虐的姿态落在眼里，轻轻的雾就如轻轻的愁。岁月奔驰，我还未赶上它的速度，便成了它的记忆，物是人非事事休，我惊慌失措，快要将记忆碾碎。

我被思想的藤蔓束缚，即使被勒得伤痕累累，也无力挣扎。隐隐约约听到远方的号角吹起，像是无助的哭泣，又把我淹没。我耗尽气力睁开眼睛，一簇火花烧毁所有藤蔓，也点燃我，疼痛模糊又清醒，或悲或喜或无奈。梦回千转，理想无数，哪怕用尽一生，花费全部精力，徒步走遍千山万水，写尽人间所有美好的诗词，都无法诉说热烈又悲壮的梦。

我是个怪人，空虚时对着夜空开始思索，贪婪地想要记起被时间吞噬的所有细节，然而眼泪太过凝重，我不慎落进一个自己画出的圈套，失落、下坠。试图伸手抓住墙上的黑影，以缥缈姿态演绎暗里的尖锐。敲打窗户的落雨，是痛苦的短暂失忆和失重的疲惫灵魂，它们错杂在我的血管里，向大脑输送信息。

它是一种朦胧、轻盈、无声的哀忧。在心田中婉转悠然，聚而不积，渐充渐盈，似又要凝成意念，构成事情。这几天心里颇不平静，大概是接连涌上的情绪使我无能为力，总在暗黑的角落里蔓延吧。当然，我也庆幸，在千缠百绕的思虑中，我仍能感受到溢满心脏的火热爱意和辗转在我身边的感动。

心之所向

　　花前月下，一岁枯荣；波澜起伏，世路屈曲；人世尘露，天道幽邈。须臾几十年，谁又会成为你的心之所向？

　　不知从何时起，我心中渐渐有了一种对江南水乡的热切向往。或是那多情善感的雨，或是那碧绿剔透的江，或是那古老而又斑驳的桥。总之，那里的一切都令我神往。

　　江南是个充满柔情的地方，江南的雨亦是如此。都说烟雨入江南，山水如墨染。雨，墨染了一山一水，装点了老镇古桥，洗涤了每一颗为俗世沾染了灰尘的心灵。江南的雨，纯情且浪漫，孤傲于世间，似一缕缕抚平人心灵创伤的清冷的缠丝。那好像是这座古城历经世态炎凉，还依然用一颗柔软的心，温暖着每一个为尘世奔波的人的真实写照。江南人又何尝不是以这样的柔情来维系着这亘古不变的人世情怀呢？

　　最是那一抹碧绿剔透、绵长漫迹，好似心中的一切浮躁与狂妄都消逝了。江南的江，始终散发着亘古不变的魅力，用那一抹碧绿剔透，惊艳了斑驳的岁月流年。每次看到江，耳畔总会萦绕着"愿有岁月可回首，且以深情共白头"这句话。春水初绿，春林初盛，一切的美好都定格在看到江南的江的那一刻。

　　古桥，不只是隔岸两方来往的道路，它是岁月的见证，是心灵沟通的桥梁。它永远用那无言的屹立，诉说着岁月的痕迹与悲凉。桥，江南的桥，从不言败，它的精神与魄力，不只是局限于表面，在某个深处，总有那么一些人，透过桥看到了每一个江南人灵魂深处的傲骨与柔情。究竟是怎样的岁月积淀，让傲骨与柔情这两个鲜明对立的意蕴缠绕融合得如此自然且脱俗。

江南，许是我毕生都向往的地方，每当我心里闪过一丝对人世的厌恶时，江南的温柔又让我爱上了这个凡尘俗世。心灵中澄澈的温柔，是江南给的。

时间总是让我们马不停蹄地错过或相遇，聚散总是无常。人生千姿百态，锋芒荆棘给你，万丈光芒与温柔亦给你。生活不会尽如人意，不是吗？要想得到这世界上最美好的祝福，就要忍受这世间最难熬的折磨。人生的褶皱，从不会为你没日没夜的颓废和抱怨而温柔展开。

奥黛丽·赫本曾说过："我当然不会试图摘月，我要月亮奔我而来。"她是个温柔的，优雅了一生的女人。何为优雅？奥黛丽·赫本用她的一生完美诠释了这个词语。愿我一生温暖纯良，不舍爱与自由，永不让生活蹂躏澄澈与深情。

心有山河万顷，眼有春光无限；宇宙山河浪漫，生活点滴温暖。待雪融草青，定有新的相逢，将温暖延续；待冬去春来，草长莺飞，又是人间好时节。

须臾几十年，心之所向，皆是奔我而来的温柔与烂漫。

岁月从不败美人

抖掉那薄薄的灰尘，翻开历史厚重的扉页。我仔细摩挲那"民国"二字。战争的硝烟越过了百年，踽踽独行的，还有那些如花倾城的女子。

（一）万古人间四月天

"我说你是人间的四月天，笑响点亮了四面风。轻灵在春的光艳中交舞着变……"林徽因，是那个令徐志摩痴迷了一生，梁思成钟爱了一生，金岳霖怀想了一生的女子。她是个诗人，可她另一个更令人景仰的身份是建筑学家。是的，琴棋书画诗酒花固然美好，但终究抵不过柴米油盐酱醋茶的平淡生活。林徽因是聪明的，她是那般清醒明白。一身诗意千寻瀑，万古人间四月天。

（二）民国临水照花人

一袭墨绿色的圆领绣花旗袍，滟滟的红唇撩人心漪，卷着那个时代时髦的爱司头，别致的珍珠耳环熠熠烁烁。那般精致，又那般无关悲喜。她，叫张爱玲。

她家世显赫，曾外祖父李鸿章给了她令人羡慕的锦衣玉食的生活。但她童年悲惨，年少时遭受父亲打骂、后母讥讽，染上痢疾却无人理会。她有满身的才华。"我是一个古怪的女孩，从小被视为天才，除了发展我的天才外别无生存的目标。"从小被视为天才的她，22岁那年凭借《茉莉香片》《心经》等一系列小说红遍上海文坛。但她对生活却一窍不通。她发现自己不会削苹果，经过艰苦的努力才学会补袜子。她怕上理发店，同样也怕见客。她有着倾城的爱恋。处于文坛巅峰的她，转身遇见了胡兰成，一颗冰冷的心就此融化。胡兰成说："岁月静好，现世安稳。"可他给不起她想要的现世安稳，因此才有了渡口那场伤感的离别，"我倘使不得不离开你，亦不至于寻短见，亦不能再爱别人，我将只是萎谢了。"但她想要现世安稳。于异国他乡，她遇见了赖雅，这个美国老人使她感到心灵上的安稳，即使生活条件艰苦，但她依旧满心欢喜。

（三）呼兰河边的故事

她，出生在我国的东北。从小生活在东北平原的她，对呼兰河有着深深的眷恋。之后便有了那笔调朴实却藏着脉脉深情的《呼兰河传》。她，是萧红。

谈及萧红的人生，我只想用一个"惨"字来形容。她的大半人生都是在清贫与漂泊中度过。而支撑萧红的，唯有最真实的列巴面包，她的爱情一次又一次被遗弃在廉价而肮脏的小旅馆。之后，她遇见了萧军，也是萧军在她最窘迫的时候，一把将她从困境中拉出。他们的日子虽平淡却也甜似糖饴。可最终萧军一转身，还是将她抛弃。也许此生令萧红感到最温暖的，是导师鲁迅先生对她无微不至的关怀。萧红进入文坛不过三年，便得到了鲁迅先生的赏识，不得不说鲁迅先生的确独具慧眼。

最后，年仅 31 岁的才女萧红孤独地死在了香港，结束了她充满磨难的一生。"我将与蓝天碧水永处，留得那半部'红楼'给别人写了……半生尽遭白眼冷遇，身先死，不甘、不甘。"这是萧红的临终遗言，文坛上的"洛神"就此溺毙。

　　才女如云，无疑是那个时代的重要标志。她们有着惊艳四座的才情，有着倾倒众生的美丽。她们为那个时代而来，那个时代，亦为她们而生。

卫玠：庄生晓梦迷蝴蝶

公元 286 年，西晋卫家有一男婴降生，族中长辈给他起名单字"玠"。

卫玠 5 岁时，其祖父（当时荣威一方的太保卫瓘），见其神衿可爱，曾叹道："此儿有异，顾吾老，不见其大耳！"后来果真应验。

总角之时，他便不似其他稚童只知玩耍，而是终日思考万物天地之至理。一日，他问乐广何为梦，乐云："是想。"他仍不解："形神所不接而梦，岂是想邪？"乐广虽答，他却始终捉摸不透，遂成病，以至乐广又特意命人驾车回到卫家为他分析解释。身病虽愈，心病犹在，他常忽地迷惑，心底涌出无法释怀的荒谬不解：人生这一切也是梦吗？

既加冠，他的容貌越发秀丽，风姿亦越发清朗，有"玉人"之称，连他的舅父，俊美豪爽的王济都叹："珠玉在侧，觉我形秽。"可他因思虑过度，身子孱羸，若不堪罗绮。他将童年时那一个突发的疑问埋藏在心底，却又不时拿出反复思索，为此，他研究玄理，成为魏晋继何晏、王弼之后著名的清谈名士和玄学家，连性子放荡的王澄都为之倾倒。可，"是梦吗"的问题他从未弄清楚。

想当年，他初欲渡江，形神惨悴，语左右云："见此茫茫，不觉百端交集。苟未免有情，亦复谁能遣此！"料想他那年今日，心中所思所想，唯叹如梦如幻之人生罢！始渡江后，他去拜见王敦，与谢鲲通宵达旦地清谈玄理，竟令王敦整夜都未能插上话。但体质向来羸弱的他过度疲倦，陷入重病之中。

不知那夜，卫郎可"想"；不知病中，卫郎曾记人生，岂是一梦焉？

可叹，六百年前庄生认定梦中蝴蝶是真，现实庄生是假，梦与现实不清不楚；六百年后，卫君不知何为梦何为现实，不知人生是否如一梦。

那样想，又有何错呢？人生本就一梦，只看谁活得更真实罢了，不同的人有不同的活法。纸醉金迷，美人帐中，是一活法；王谢乌衣巷，往来无白丁，非晨露不煮酒，非初雪不煎茗，是一活法；十年苦读寒窗边，一朝功成把名就，亦是一活法。世上活法千万，我只寻那最适宜的，旁人无需置喙。这样活着，无非便是想把如梦般虚幻且模糊的人生过得真实一些，把黑白默片般的人生过得有色彩有声音些。浮生若梦，不过为欢几许，谁又知，你我也可能是那北冥大鱼几百年的一场大梦呢？

且努力地过活吧，为在这梦醒之时尚有一丝回忆。

而卫郎，历史上所谓"看杀卫玠"种种逸闻，都不及他那孩童般的一问"是梦吗"，更留一笔浓墨了。

永嘉六年，终因病重不治，卫家次子卫玠卒，只有27岁。再不复那羊车过旧道，人人竞相围观的盛况。

曦

初晨，太阳才探出一点儿头，曦便诞生了。它从太阳橙红的晕中溜了出来，先是跑到云的住所，偷偷换上了金色的薄纱，与那云缠绵在一起，难舍难分。

曦还是不想如此单调，便顺着那道彩虹滑到了这所谓的人间。曦布满人间，它栖息在每一个角落……

过路的行人匆匆走过街角，曦在他们身上滑过，几乎没有留下一丝痕迹，城市的喧嚣便开始了。形形色色的人过着自己的生活，却将自己困在原地，妄图逃离，又一次次作茧自缚。那些街角的人们生活在自己的圈子里，享受着每日初晨那一抹曦带来的希望与温暖。车笛声被心中的迷茫拉长，变得更加嘈杂。曦温暖着世界。

一处十字路口，一位中年男人躺在那里，衣衫褴褛，面前的碗里什么都没有，空的，破的。人们纷纷踏着急促的脚步压在他面前一块松动的石板上，每个人都生怕叨扰到这位流落街头的人，都为刚刚那一声石板的呻吟感到抱歉。曦照在他的发丝上，油腻的头发仿佛被岁月沉淀的包浆映出暗黄的色泽，过路的行人眼中满是同情，时不时还有几位先生与女士在那个碗中放入一点零钱，不是为了那一声谢谢，而是为了自己心中那一个美好的世界。曦引领着人们温暖他人。

呼，风在耳边跳舞，曦，便和着风，奔跑在这广阔的郊区，有时它探下身子，伸出一只手轻抚着大地，那菜地也变成了金色，似满地的黄金，光彩夺目，有时亲吻着那座山，山顶与山脚的冷寂与黑暗衬得那座山的山腰更夺人眼球；终于它玩累了，仰卧在这目之所及之地，满目灿烂，满心欢喜。曦温暖着大地，无私地，自由地。

来不及为它写下赞美的诗，来不及看它一袭轻纱，来不及再望一次它的绝世容颜，它却默默褪去，为太阳做好了序，为人间一天的生活带来一次惊喜。

曦，再见！

怀 夏

那正是盛夏。

六月早蝉，叫声很细，若有若无的，像刚起床时的耳鸣。漫步在林荫中感觉不到夏日的艳阳高照。一条灰色的石路两旁，是用鹅卵石铺成的小道，刚晨跑完的青年后背被汗水"烫"出一个洞，一直贯穿到心脏，孩子们的皮肤在初夏气息中沁出薄汗。

大片的阳光被柳条切碎，隐约中勾勒出人们的身影。听着夏的诉说，沿着这充满美妙歌声的路径，继续向前走。

苍天古树，路旁水井，金蝉用短暂的生命为人们引吭高歌，还有那在水中嬉戏的白鹅。蓦地，一个不起眼的分岔道出现在我眼前，我满怀希望地踏上它，步伐越来越快。抬头望，闭眼，任凭太阳亲吻我的眼睛，再次睁眼：是广阔的天，疏淡的云，流淌的植物海洋。一望无际的小草顶着阳光，随风摇摆，像这片土地耀眼的披肩，草地上人们的野餐布如同外婆衣上的补丁。

湖光塔影，绿树浓荫，宛如"绿树浓荫夏日长，楼台倒影映池塘"。一个小池塘中盛开着几朵荷花，那衬着荷花的荷叶也绿得澄澈，池塘里偶尔游过一两条鱼打破这宁静。

天色暗成淡蓝，远处群山如黛，透过墨色林道，能看到路旁灯光依次亮起，炊烟熏红了晚霞。

夏的曲子还未停，仰首是乐，俯首是怀念……

江南·雨水·花香

南风过境，白鹭穿云而过，初融的湖面微泛波澜。

河岸人家午时升起的轻烟随风曼舞，向青空而去，婀娜如乐坊的姑娘。空中的雾气，忽地止住脚步，一缕缕银丝在迷蒙中落下。

雨帘逐渐厚重，在瓦片上积聚、蜿蜒、滴落。青石板上开出雨花，变了颜色。

雨落，烟起。

暗了千年的门楣。

在这烟雨空蒙中，河岸树梢上，杏花姑娘笑颜微展，南风送来了春之初雨，也徒惹了杏花姑娘随风笑。

轻拈一缕春风化作思绪，风月渐浓，便有沉重的摇橹声响起。穿过流年的清河，载着满船星辉入梦来。

流莺悄然立于窗棂，不知为何在雨幕中仍有绵绵白絮飞舞，飞出了烟波，淡了颜色。桨声伴小雨哗哗，空气中有丝丝浸润的甜杏花香。放眼而望，零零白星点缀在江南姑娘的柳眉梢。蝶在眉梢舞惊鸿，燕衔春泥过梢头。那白星仿若冬雪般皎洁，俯身一嗅，余香在秋日仿佛甘醇。

有一女子踏雨花而行，青石板上多了一双精致绣鞋。她青衫罗裙，巧笑倩兮，纤纤素手，遗世而独立。这是我梦中的杏花姑娘，在江南初春中，撑着油纸伞，花香弥漫。

银丝洗旧，雨水贴着瓦片蜿蜒，在乌篷之上汇聚。我撑伞掀开布帘，从酣睡中醒来。此时千里雨雾，水天一色，难以分辨。

　　天着胭脂色微红，星将临万户。枕在河岸的人家再升炊烟，烟与天相融后消散，正如梦中的姑娘，一虚一实，迷我眼。

　　清河水流淌，流向何方我不知，只觉雨坠而激起的涟漪仿佛在为它欢歌，指引岁月的方向。

　　暮色渐浓，凉风袭鬓，皎月自山后露出蛾眉，我止住思绪。

　　雨停，花谢，该收场罢。

永远的孔子

大千世界，一个人的言与行会因之改变多少？三尺微命，可以放出怎样的光与热？俯仰一世，可供后世评说多久？于此，或许无人可出孔子之右。

"天不生仲尼，万古如长夜"。春秋末期，王道衰，礼仪废，政权失，家殊俗。人们的道义与信仰濒临崩溃，急需有人能救民于水火，解民之倒悬。狂澜既倒，大厦将倾之际，终于，公元前551年，孔子降生了，似春雷乍响，唤醒世间，这是值得铭刻在人类丰碑上的日子。从此，人类在道与义的探索中初见曙光。

"天将降大任于是人也，必先苦其心志，劳其筋骨"，孔子的求学问道同样曲折。孔子十五而志于学，心向仕途，曾任大司寇，大治于鲁，但君昏臣奸，只有离开。55岁时，开始了为期14年的周游列国，枕风宿雪，风尘仆仆，在多国推行他的主张，其间于陈被困，绝粮七日，几近一死。又困于陈蔡之间，许多弟子饿死，孔子又是经过了怎样的思想斗争，才能坚定游历之行。但依旧没人采纳他的主张。后来，儿子伯鱼先他而去，他喜欢的弟子颜回去世，子路也死于暴乱中。大道远游，见了多少晚霞寂照，却是白发人送黑发人，这位风烛残年的老人走过了一生，最后身边无人能与他共立黄昏，最后拄杖倚门，叹天下无道太久，主张无法实现。

公元前479年4月11日，孔子抱憾而终，享年72岁，死后许多弟子为他守墓三年，子贡守墓六年。墓边，许多人家落户，曰"孔里"。如果说老子倒骑青牛，西出函谷关，是道家出世的境界，那孔子周游列国，奔波一生，就是儒家入世的缩影了。杏坛讲学，列国论道，知行合一。

《鬼谷子》中写道："察觉到事物的发展并带领百姓，就可称作圣人。"孔曰成仁，孟曰取义。这仁，便是人道主义，人道主义是人类永恒的主题，乃至今日依旧先进。而礼就是法治的雏形，封建统治中，孔子提出礼，表明他卓尔不群的眼光。礼治与人道的最高理想，天下大同与千年后的另一位思想巨人马克思不谋而合，大同之下的小康，对中国乃至世界都影响深远。关于教育，孔子主张因材施教，有教无类，前者反映了素质教育，后者又突出了人人可受教的公平。

才高德厚，怀瑾握瑜却不得志，是孔子的不幸，却成全了后世昌荣，历朝帝王，追封孔丘为尼父，先天大成圣人。爱默生称："孔子是全人类全民族的光荣。"孔子名列"十大文化名人"之首。孔子的不幸，不影响他的伟大。或许，有些人生来就是为了让世道变得更好。

高山仰止，景行行止。孔圣德高，四海共尊。

落叶·故乡

梧桐随时光的衰老而变得沧桑不堪，长廊中孤寂的落叶散发着令人叹息的腐朽气味。

天刚刚放晴，走在一条陌生而又熟悉的路上，记忆如被堵住的水，欲出而不得，似乎在诉说着这不是它应该停留的地方。

吱吱呀呀的木门封锁了最开心的往事，和已经快记不得的老朋友生涩地打着招呼。

透过破碎的玻璃窗又见落叶，刚掉的落叶同已经透出腐朽气息的前辈打着招呼，计算着已过去的日子。

已经放得不能再轻的脚步依旧惊扰了它们苦守多年的清净，抬着头，不明所以地看着自己曾经的主人，羞涩地问道："你是谁啊？"

啊！故乡，一个我日日夜夜都想回去探望的老人。

啊！故乡，一个我只有在梦中才可以见到的亲人。

今日，我寻着快要消失在虚无中的记忆，找到了你。

可是，你已经忘了我吧？

可是我无法说清是谁的错！

或许是我，是我假装未曾有过你。

或许怪我，怪我多年未曾来看你。

或许怨我，怨我一直不肯认清现实。

时间终将把我带走，落叶终将陪伴你到天荒地老。

再见落叶，谢谢你一直陪着那个我一直放心不下的老人。

再见故乡，一个我以后又将深埋在记忆中的老人。

红颜大爱

塞北残阳作红装，满山松柏做伴郎。

风吹哀怨的笛，梦寄腐朽的琴。窗外，一阵不期而至的微风吹散了满树繁花，点点花瓣作雪飞，花香四溢，满天惊鸿。"只为你如花美眷，似水流年"，杜丽娘婉转如黄鹂的歌声，在我耳畔回荡。望着窗外的满地落花，我想起了那位远赴他乡，嫁衣如火的女子。

后人幽怨的琵琶声淌过她的金丝嫁衣，淌过朱甍碧瓦的宫殿，带我领略昭君出塞的风采。

马蹄扬起细小尘土，残阳如血，迸射一条绛色彩霞，宛如沉沉的游鱼，翻滚着粼光。长安城渐行渐远，夕阳不舍，一路追随。

一盘浑圆的落日贴在沙漠的边际，狂风无情鞭打她的容颜，只是一介女流，身上却负家国命运，为了和平远嫁匈奴，她沉沉地闭上了眼。

曾是豆蔻少女，也曾登楼望明月，对镜描眉画红妆，丹唇烛影海棠交融脂粉香，也曾满怀悲怆立城楼，望见"黑云压城城欲摧，甲光向日金鳞开"的战场。

和亲的艰险，异域的清冷，两国永久的安宁，宫廷的猜忌、冷落、倾轧、空虚，像阴影死死揪住她的心，让她颤抖，异域的寂寞、无助、思乡像寒流侵袭她的心，让她惊骇，和亲的队伍浩浩荡荡，待嫁少女举目无亲，边城将士浴血奋战……想到这里，她叹了口气。

茫茫大漠，道不尽心酸与离愁，流淌的乐声里，满是幽怨与悲怆，狂风卷着黄沙的咆哮声满载国家重任。

或许等待她的依旧是"一朝春尽红颜老，花落人亡两不知"的结局。但一路上，她的心逐渐平静下来，直面未来，扛起肩上的责任，因为是自己的选择。

听，琵琶声在广袤无垠的沙漠响起，满载希望与光明。

登 高

安史之乱，军阀四起，江山乱。

"苦兮难兮，民不止兮；艰兮饥兮，叟独渔兮；不羡官兮，但求宁兮……"滚滚的长江之上，漂荡着一叶小舟，幽远的渔歌在缥缈中轻轻地消散。我拄着一根拐杖，满心念着前几日外乡旅客的话语。他们说，白帝城外有一座高台，当你站在高台之上，眺望远处时，能望见广阔的山川，甚至能望见千里之外的郡城！我心中不由一动，若我站在上面，能否望见我的长安？

我不由加快了步子，眼前的台阶落在了我的脚下。一步，两步……就同我当年热血满怀地踏入那金碧辉煌的朝堂一般，厚重的朝服掩不住少年风华。那殿前的九级台阶，曾见证了一代帝王荣登大宝时的意气风发，也曾目睹了我被贬时的慌乱。快了，就快到了……

当我踏上这凌云的高台，一片苍茫的山河映入眼帘。可我无暇顾及它的壮美，只是满怀希望地寻找我的长安。那是吗？我紧紧地盯着远方一处隐约的墙。"不，那不是，长安的城墙是朱红色的，不是那平凡的泥土之色……"我从未如此的慌乱，哪怕是在石壕借宿，在夔州的大街上乞米，又或者穿着满是补丁的衣袍投奔严武……都不曾如现在这般。我的手不由一松，拐杖倒在一旁。脚一软，跌坐在地上。

台上的疾风卷起我的衣袍，抬头仰望高阔的天空，耳畔萦绕着幽幽的猿鸣，其中夹杂着隐隐的渔歌。猿啊！你可知我的悲哀？那远处盘旋在沙洲上的飞鸟，你可曾望见我的长安？又一阵风呼啸而过，卷起枯黄的落叶，自无边的树林洒向天际。一叶自眼前而过，一叶障目，也对，我的心中只剩下长安一叶了。

那滚滚长江上，一点渔舟渐远，那老叟应是不羡官而离去？那是因他未曾经历过寒窗苦读数十年，明明满腹经纶，到头来却被一个虚名打发的悲哀。江水依旧汹涌，到底不像我。我不由抚了抚耳畔的霜发。

念昔日少年风华，忆今朝老颜凄苦。我这满腹才华呀，终要随我一同化作尘埃了。咳咳……我的身体啊，你怎么就老了呢？若你再年轻 10 岁，我就可以翻过群山，回到我梦寐的长安；若你再年轻 20 岁，我还可以提起长戟，稳固我大唐江山；若你再年轻 30 岁，我还可以再赴科举场，金榜题名，百卷谏书为民狂；若你再……唉，罢了罢了，终是老了啊！

思绪越来越乱，我不由探了探腰间，可伸至一半，手又缩了回来。蓦然想起，那里不过空空如也罢了。也对，因我这病，连酒葫芦都当了，我还有些什么呢？

天际的一点白向我飘来，我不由想起那位白衣飘飘的"谪仙"。李兄，是你来了吗？然而当那白真实地映入眼帘，不过是一只鹤罢了。李兄，你真的不会回来了吗？我还记得当年的我们坐在长安城最高的酒楼上一醉方休。严兄走了，你也走了，只剩我了。或许我，也要来陪你们了吧……泪，模糊了双眼。恍惚间，我似乎望见了那朱墙环绕的长安。

蜀地的风啊，若我死了，腐化了，你能否将我的发带回我日思夜想的长安？

梦一场江南烟雨

回头迎着你的笑颜，心事都被你发现，梦里的水乡啊，它就在我眼前。

——题记

闻听江南是水乡，路上行人欲断肠，谁知江南莲花开，花月正春风。

从小便听闻江南的美，青绿色石板路，深沉的钟声，在烟雨里走过长长的街巷，也曾想过撑着油纸伞。思绪化成浓墨，似是丹青未干，提笔点落一地，雨水濡湿我三月的情怀。台阶下的青苔，雨前的潮湿气息，扑鼻而来的绿叶芳香，只愿看那泛着波光的"锦缎"与闪亮的脸庞，在悠扬笛声中行舟。

山清水秀眉远长，在朦胧雾纱中，雨沙沙地下了。小城中雾退去，细雨仿佛一层轻盈的沙，虽不及北方那般粗犷，但足够缠绵，交织成线，为古老的小镇蒙上些许神秘。

江南的雨为我抹上淡淡忧伤。下船，穿梭在幽深小巷，远处飘来缕缕茶香，淡香生古瓷。深巷处，茶馆中，几位花甲老人谈笑喝茶。一杯茶，品人生沉浮；平常心，造万千世界。在烟雨江南中，借茶静心度春秋，我不禁莞尔一笑。

江南的雨，格外空灵，我的思绪沿雨丝漫开，引出一片惆怅色彩。

寂静的雨声中，巷口的梧桐叶，也沙沙作响。是雨，还了小巷久别的安静。

炊烟漫百川，烟雨渡青山，看不够，晓雾散。那就在雨中装袅袅炊烟，放进袋子里拌上水波的潋滟，湖面上的桂花香熬成纸浆，放进梦中烘干。在砚台中放入青苔与人间烟火，研磨到傍晚透出捣米声与米饭香，提笔挥墨，墨水滴落的地方，听江南水乡。

我爱你，千千万万遍

我爱你广袤无垠的山河。

960万平方千米的土地，都生活在你的臂弯中。你的臂弯强而有力，神圣的领土不容侵犯；你的臂弯温柔而广阔，大海和蓝天因你而自在。从珠穆朗玛峰到塔里木盆地；从帕米尔高原到横断山脉；从大兴安岭到西双版纳；从长江黄河到珠江三角洲。每一寸土地都有属于它的故事，每一条河流都有属于它的歌曲。它们在你的臂弯中与阳光熠熠生辉，与红日蒸蒸日上，共同唱响对你爱的赞歌。

我爱你源远流长的文化。

五千年文明所传承下来的，是引发灵魂共鸣的艺术，是凝聚文明精华的瑰宝。敦煌莫高窟将色彩演绎到了极致，书法水墨又将黑白融为一种意境。兵马俑使多少人梦回秦朝，万里长城使多少人引以为豪。诸子散文，百家争鸣，唐宋诗词，百花齐放。谁被《论语》所教导？谁被《史记》所震撼？谁叹那窈窕淑女求之不得？谁为那丁香姑娘彳亍雨巷？贵妃醉酒乱了谁的心？霸王别姬伤了谁的情？而那清明的细雨，端午的艳阳，中秋的圆月，是刻进骨的情怀，溶进血的基因。

我爱你奇迹般的红色。

充满危险的地方，布满红色的身影：地震中的逆行者，烈火中的拯救者，和平中的捍卫者，他们身上，都有五星红旗的影子。那红色，鲜明；那红色，炽亮。红色燃烧着的，是信念。载人航天、跨海大桥、抗疟灵药、5G 技术……你用红色，向世界书写东方奇迹。

我爱你艰辛苦难的历史。

漫长而黑暗的日子里，你化作光，驱逐着无孔不入、层层叠叠的黑暗；温暖着遍体鳞伤的土地；鼓舞着奋起抵抗、浴血奋斗的战士。你是盔甲，始终将我们庇护；你是利刃，终将把黑暗劈开，迎来曙光。你迎着曙光，带我们走进新世界的大门。七十年来不忘初心，牢记使命；七十年来漫漫征程，砥砺前行。如今，改革开放开启了星辰大海的征程，一带一路抛出了连接未来的缆绳。大国崛起，初露锋芒，未来可期！

你是希望，是光明，是未来，是奇迹，是中国！

倾国之姬

云想衣裳花想容，春风拂槛露华浓。

——题记

她一袭红衣，沐浴在阳光中，尽显妩媚；她舞动长袖，淌下的芳香缠绕着眼角的泪花。何为爱？答曰："在天愿作比翼鸟，在地愿为连理枝。"

"回眸一笑百媚生，六宫粉黛无颜色"，一眼已万年。

她精通音律，容貌姣好；他后宫佳丽三千，却偏偏被她勾走了魂。"缓歌慢舞凝丝竹，尽日君王看不足""渔阳鼙鼓动地来，惊破霓裳羽衣曲"。霓裳曲罢，他的眼神仍一直追随着她。"婷婷似不任罗绮，顾听乐悬行复止"，一人，一眼，一生。

"一骑红尘妃子笑，无人知是荔枝来"，为她，千千万万遍。

马蹄声回响在街头，城中百姓不明所以，唯有贵妃明白，自己心爱的荔枝已在路上，嘴角不经意间漾起一抹笑意。前有幽王烽火戏诸侯，国破身亡仅为博妃子一笑。现更是"长安回望绣成堆，山顶千门次第开"。

"春宵苦短日高起，从此君王不早朝"，她便是他的花冠女神。

不爱前朝，自流连后宫。每每与玉环依偎，便是玄宗最开心的时候。每日有水陆珍馐千盘，修建金殿更是出手阔绰，"春寒赐浴华清池，温泉水滑洗凝脂"。

"海外徒闻更九州，他生未卜此生休"，曲终人散。

终究，何为爱？

若爱，何不为她守好一方江山；若爱，何不以生命奋力一搏；若爱……

"如何四纪为天子，不及卢家有莫愁"，杨玉环和李隆基，爱得热烈，爱得凄美，爱得丑陋。

倾城之妖姬，亡国之昏君。

人间最美是清欢

"清欢是生命的减法，当我们舍弃了世俗的追逐和欲望的捆绑，回到最单纯的欢喜时，是生命里最有滋味的情境。"林清玄这样写道。不朽的功业的确让人神往，但"人不是向外奔走才是旅行"。以心为镜，观照生活，探寻人生中最美的清欢与生活的安定澄澈，或许是平凡的你我最好的生活姿态。

不可否认，任何一个时代都需要献身不朽功业的探路人。孔子面对"青山依旧，哲人其萎"，不顾四面飙风，寒意四逼，艰难而固执地匡正周礼，宣扬德政；太史公备受凌辱却甘愿在茫茫尘寰之中扛起如椽大笔、立起泰山，只为谱一曲史家之绝唱；林觉民面对"遍地腥云，满街狼犬"的封建王朝谱就一阕痛彻心扉的《与妻书》，只为熠熠生辉的"大义"二字。他们立德、立言、立功，在道阻且长时怀着殒身之志顶天立地，终留下不朽之名，泽被寰宇。

但是，于世间平凡的你我而言，并不只有追求宏大目标的人生才值得被歌颂。享受眼下的秩序与安定，我们亦能以高昂的精神行走于世间。无论是仓央嘉措寄情白鹿踏雪，川端康成观海棠未眠；还是李清照慨"何须浅碧深红色"，苏子瞻叹"溪边自有舞雩风"，无不是他们在探寻自己真正向往的生活时发出的由衷感悟。生命的价值并非一定要寄托于不朽的功业，在简单重复的生活中亦可得到体现。

同时，品味纯粹的生活，更能让我们厘清内心对自我本真的追求。你能否如史铁生般，"在满园沉寂的光芒中看到时间，看到自己的身影"，在与地坛的灵魂对话中明晰"不屈的挑战不可须臾或缺"？你又能否如陈应松在如絮星空下感悟"湿漉漉的孤独"，与野鹿之魂相遇，发出对自然与人类的哲理思考？

　　而如今，在喧嚣的话语圈中，多少人为"成功"建立伪坐标，把人生看作"输赢战场"，把功业不朽看作人生的唯一通道。殊不知，对宏大目标的渴求已然蒙蔽了他们享受纯粹生活的双眼，更阻断了对话内在自我的能力，以致"生命之流失去落差，渐趋平缓，终成死水一潭"。这更需要我们"恰如其分地活着"，用对纯粹生活的追求与欣赏践踏那精神荒路。

　　"在我们拥有越多的物质世界，我们清淡的欢愉就越日渐失去了"。倘若你我只是尘寰中平凡的一个，用心体会眼前生活，你会发现，人生最美是清欢。

在人生的路上

　　小的时候，我喜欢望着来来往往的人群，想着他们正在人生的路上努力奔走着，乐此不疲。时光荏苒，现在的我依旧喜欢望着来往的人群，想的却是自己的路。

　　有人说："身体和灵魂总有一个在路上。"人生从起点开始就在不停地行走，有时觉得终点在前方若隐若现，但大多时候都是遥不可及。不管怎样，人生的路上注定充满了坎坷和崎岖。人生的路，或许结伴而行，或许孑然一身，我们享受相伴时的欢愉和幸福，但也难免陷入孤独和寂寞。变的是心情，不变的是坚定地走下去的信念。

　　在人生的路上，可以欣赏沿途的风景，留恋两边的花丛。随着我们的脚步，去追寻甜蜜，甜蜜里有沁人的花香。我们需要不停地追逐，追逐。因为永不停息的步伐那边，风景独好。

　　在人生的路上，奋起直追，人生旅途，什么时候开始都不算晚。

　　在人生的路上，我留恋阳光下的每一点斑斓，它是点的集合，汇成一缕缕的光热，驱散头顶的乌云缓缓照进我的心里，温暖着我，让我在疲惫的同时又对美好风景多了一丝叹许。

　　在人生的路上，我们尽情地追逐着远方，让自己在青春年华时，尽情释放光芒。我不希望远方像一个梦，我一直认为梦不切实际，让我在活得充实、安心的同时也变得迷惘。我希望远方像一片海，海的潇洒，海的悲壮，海的波涛汹涌，无不令我着迷，无不令我期待。梦中的海深邃，海里的梦憔悴。既然无法后退，何不迎着风雨奋勇向前？

我无法想象明天会有多糟糕，或是多美好，但它带给我的，一定是昨天所没有的。

我知道，在人生的路上，始终充满着未知的风景。无论是在如今的青春岁月里，还是在以后的素年锦时中，我都将始终如流水般向前奔涌，直至汇成一股强大的力量，那便是生命的默片。

致自己以及境遇相似的你

亲爱的：

你最近还好吗？

我必须得告诉你几个残忍的事实，但并不是为了去控诉这个世界的诸多不美好，而是教会你去适应这个本身就很现实的社会。

我不会因顾及你的自尊心而肆意谩骂诋毁，亦不愿以干瘪寡淡的语气对你进行说教，更不愿意告诉你"阳光总在风雨后"之类值得推敲的话语，其实风雨过后也可能是厚重的萌翳。

We read the world wrong and say that it deceives us.（我们错误地解读世界并且说它误解了我们）这是在网上火了一阵的英语短句。这句话让我想到了泰戈尔的一句名言：世界以痛吻我，我却报之以歌。但一切都要看我们对苦难的定义了，也许"世界之痛"是源于我们对于生活和生命原始的误读。

古人对世事洞明的态度并不亚于今人，我从其中找到很多发自内心的归宿感。"锦瑟无端五十弦，一弦一柱思华年"，这是李商隐在历经儿女情长、家长里短、仕途失意后的所思所感。"假作真时真亦假，无为有处有还无"，这是曹雪芹历经丧妻之悲、家道中落、病痛折磨过后的人生总结。有了前车之鉴的大彻大悟，我们亦没有必要感到怅惘落寞，那是娇小姐的奢侈品。

"一人一花一缕香，一世一梦一往情"，这是每个人对生活最深刻的想往。但有时是事与愿违的。

许多时候，我常常梦见自己站在云端的一个脚手架上，哆哆嗦嗦，颤颤巍巍，脚底一滑，跌了下去，坠入谷底。我不断地问自己：难道是在现实生活中失重了不成？

自小，我们就被教导：女孩子要矜持、柔和与善良。"赠人玫瑰，手有余香"，只要付出真情，就会收获他人的温存、好感与理解。但当一元一次方程式似的理论遇到复杂善变的人心，你可能会在不经意间发现：书中的理论失效了，它在现实中不断被瓦解，却又永远不会消亡。

第一次迈入社会，毫无经验的我们并非忘却了真诚待人的意义，而是无数次的碰壁让我们心生怀疑，变得冷漠而抵触。于是，我们学会了伪装自己。

但，人的本性真的已经卑劣到极致了吗？并不是。人人在尘世间都有一个奢侈昂贵的梦，他们中的绝大多数人都没有善良到不计付出，亦没有恶劣到不顾他人。能用智慧解决的问题他们不会涉入太多情感；能用直觉去支配的事物，他们没有更多的精力与时间去用心解决。

发表意见的过程就像打官司一样，但打官司是光明正大地对簿公堂，各执己见。追求利益最大化是他们的终极目的。

生活也是这样，每个人都为自己和与自己息息相关的人与事奔波操劳，代表的皆是撑起自己背景与生活的那片天。命中注定的是，人不是神，也有七情六欲与不可压抑的天性，一切都是迫不得已。

人性的高尚与节操毫无保留地展现，也许要等到世界末日时，暂无能力迁徙至地球外的人们，这时会变得崇高与美好。

当我们学会放过已经发生的，不担忧还没发生的，一切会变得充实。古人的智慧，在于不解释，发生过的事随风而逝。不解释，是最好的处世风范。

事实证明：放过一些无厘头的生活细节会快乐很多。发生过的事再去追问也无济于事，做再多的事去补救也是杯水车薪。别人活在自我的世界之中，经意或不经意，别人是否察觉这隐藏的虚荣与言语之间隐秘的脾气与诋毁，都已不再重要。一些事，曹公和李义山已经说得十分清楚且饶有趣味了。只要细细品味，终有裨益。我也无需赘言。

其实，用情兼用脑，会让你变得清醒，那时的你，也包括那时的我，会变得不再不谙世事，却又更加害怕洞明世事。

人生如棋，黑白相间；落棋谨慎，一生无悔那是再好不过了。但要允许"一步错步步错"的嗔怪与反思的出现，那是存在于灵魂深处缓缓流淌的声音。亲爱的，别问为什么，它会让你的人生充满厚度。

祝三餐四季，温柔有趣！

你生命的见证者

2022 年 3 月 1 日

渴望年老

近来发现，在不同的年龄段对岁月的确会有不同的理解。

年轻时觉得"长大"这个词非常可怕，对拥有"青春"的我们来说，那一定是一种老态龙钟的存在了！但转念想想，人生转瞬即逝，我们都曾是被青春领养的孩子，顿觉心有不甘，害怕的是处在一个尴尬的年龄段，忽然发现自己没有足够的资本立足于世，但重返青春岁月又会错失一些对岁月独特的感悟与认知。

如此矛盾的心理，让我对"岁月"这个概念产生别样的情愫。"成长"，于我而言，它的表层意思是：应该告别长辈，独立成家；肩负起对家庭与社会的责任。但同时，伴随着成长的阵痛，越来越多的人先我们而去了。这时，我们对亲情的珍视会越发强烈。随着年岁的不断增长，十年的时光又会"倏尔远逝"，又一个人生阶段会在岁月的岔路口向我们招手。所以，现在的我们，越发地能体会父辈们年老时那种难以向晚辈言表的孤独寂寥之感了。慢慢地，我们会发现，自己的同龄人亦会慢慢老去，然后某一天会悄无声息地离开我们。如果真的到了那一天，没有生命之中那些必需的情感支撑，缺乏归宿感的我们又将如何安放自己的心灵，让它安然无恙地诗意栖息在这悲壮的人间？人老了会变得孤独而富有童真，会像个小孩子一样需要晚辈去哄，否则他们会缺乏应有的安全感，那大概也昭示了自然界返璞归真的真谛。

想起之前爷爷去世时，一大家子人都为其哀悼。那天晚上，看着那黑白的遗像，顿觉之前自己所经历的一切都抵不过这段情感的缺失，与其说是怀念一个长亲，不如说是对自己经历的某段岁月的缅怀吧！一旦记忆中的某块碎片遗失了，人生的一段历程仿佛也随着年岁的增长慢慢被忘却了。每每想起，都莫名想哭，年少的自己特别想要逃离一座围城——来自长辈无微不至的关怀与含在嘴里怕化了、捧在手心怕摔了的庇护。当时，自认为没有他们自己也会过得很好，也会把自己的生活打理得井井有条。但，随着自己之后不断成长，才知道长辈在意识尚清醒的阶段为你提供的经验真的会是你受用一生的宝贵财富。

这时，天上下起了绵绵细雨，这雨，并不是"自在飞花轻似梦，无边丝雨细如愁"的淡淡愁绪，也不是"梧桐更兼细雨，到黄昏、点点滴滴"的孤独失意之情。总之，有一种说不清道不明的滋味涌上心头，是对亲人的怀念，还是对今后生活的手足无措，是对情感的感念，还是对一段往事的追忆？这种五味杂陈的心情不禁让我泪流满面，情不能自己。

守灵的次日深夜，本身对唯心主义的东西很抵触的我竟然跟随奶奶一起去烧了一堆纸钱。一向慈祥，总以微笑示人的奶奶竟然也声嘶力竭地哭了，她边哭边回忆起了她和爷爷一起度过的时光。（尽管爷爷和奶奶的婚姻在当时那个并不开放的年代属于媒人介绍的包办婚姻，但吵了几十年的他们也一直是恩爱如初，也许这就是婚姻的本质，因为不断磨合才适应，因为不断习惯才深爱）奶奶回忆起了和爷爷一起走过的那些艰苦岁月。此时，我含着泪选择默默地离开，我不想去打扰那份专属于他们那个年代的人的时代记忆，因为无论如何，忧伤也好，痛苦也罢，一个人在他的一生中走的每一步都算数。那一刻，我深刻地体会到自己的无能为力，也第一次体会到古人"寄蜉蝣于天地，渺沧海之一粟；哀吾生之须臾，羡长江之无穷"的透彻。那天，熬到凌晨，我依然希望自己的内心是丰富而炽热的，带着对生活的阳光与激情继续向前。因为没人会破坏那份专属于我的独家记忆，谁也无法夺去那些内心的美好。如此想来，我的心里又是甜蜜的。那种感觉甜蜜地糊在心头，永远都抹不去。

曾在一本书中看到：根据社会调查得知，青少年与老年人的幸福感是整个社会群体中最高的。因此，我对死亡便不再畏惧，而是转换一种顺其自然但也并非凡事都听天由命的心态去面对我的下半辈子。我，开始企盼那份难得的幸福——开始渴望年老。这种心态亦教会我：在天黑之前不要仇视任何人。

细细想来，确如道家学派的箴言："飘风不终朝，骤雨不终日。孰为此者，天地。天地尚不能久，而况于人乎？"狂风不会刮一个早晨，暴雨也不会下一整天。天地在冥冥之中安排着自然的整体布局，在顺应自然的同时，人们在悲壮中茁壮成长。然而，天地都难以长久，何况是人呢？"无私为大私"，老子如是说。放手吧，凡事都应让美好的回忆常驻，让顺应自然的心态长存，给心留一些空间与距离，还自然以鲜明！

有一种说法是道家学派的思想过于消极，会打消人的主观能动性。殊不知如果把一切不美好与人们潜意识里抗拒的因素都无一例外地污名化、黑暗化，我们又怎能面对污浊而心怀高洁呢？如果一味地抵触死亡，我们又何以向死而生呢？

"无为而治"看似消极，但其实是古人的大智慧。所谓的"无为"并非无所作为，只是让统治者不要过多地干预臣民。只有"无为"，才能更好地在治理国家上深入民心、大有作为。

当规则被前人制定又被后人破坏时，"无为"才能真正大有作为。比如在一个企业里，不应让优秀员工对普通员工进行年底的薪资考核。因为，于人而言，"无私为大私"，只有当一个相对公平、全面的考核方式制定后，公开透明的制度才会真正地深入人心。

随着社会的不断发展，保障体系的不断完善，年老也折射出世人的价值观。

浅谈《红楼梦》中的王熙凤

诸葛出师，忠情尽知；昌黎祭文，感人至深。今我对人物的研究，不能只是在了解生平事迹、性格特点后，就盖棺定论。他好，好在哪些方面；错，又错在哪些方面，还应跳出历史和时代的局限去思考他之所以成为这样一个"好"的人或"坏"的人是因为什么。如果我们以发展的眼光去评价他的静止，这明显不对等。事出皆有因，抓住源头方可谈古论今。

（一）

我们对于王熙凤最普遍的看法是：笑里藏刀；唯利是图；历练老成；巧于趋奉。或者更狠的是死有余辜，也就是报应，也是应了那句"机关算尽太聪明，反误了卿卿性命"。这就不得不问王熙凤到底做错了什么事，值得大家绞尽脑汁谩骂。

首先，王熙凤精明强干，深得贾母和王夫人的信任，成为贾府的实际大管家。她坐在贾府几百口人的管家宝座上，口才与威势是她谄上欺下的武器，攫取权力和窃积财富是她的目的。她极尽权术机变，残忍阴毒之能事，而且她曾宣称："我从来不信什么阴司地狱报应的。凭什么事，我说行就行！"……

其次，还有更甚者认为她拆散了宝黛情缘。《百家讲坛》中有一期说，凤姐机灵了一辈子，是比谁都机灵，但是她犯了个错误，就是在宝黛爱情这个问题上站错了队，立场问题，她就没有摸着贾母和王夫人是极力反对宝黛的爱情的。

诚然，贾家的衰败和宝黛爱情悲剧，凤姐有顺水推舟，但两者之间并没有必要的联系。即使宝黛有"木石前盟"般的情意，但好景不长，不久又来了个薛宝钗，此人做事迎合贾母的心愿，深得贾府上下的喜爱。加上宝钗的母亲刚到贾府就把和尚关于金配玉的话散布出去暗示大家：宝玉和宝钗才是天设地造的一双。可见上天终不愿让有情人终成眷属，而并非凤姐一个人的原因。

（二）

平心而论，王熙凤如果真的那么恶毒，一无是处的话，怎么可能有资格全权打理贾府呢？一分为二来看，她还是有可取之处的。结合《浅析王熙凤的掌权与用权——读〈红楼梦〉札记》来分析，就王熙凤本人来说，至少有以下四个原因：

一是良好的机遇。当时，正值荣国府的鼎盛时期，人丁兴旺，事务冗杂。最高当权者贾母年事已高，而贾政秉性清高，不惯料理家庭俗务，妻子王夫人又才能平庸。于是，王熙凤时运相济，进而大权在握。

二是优越的出身。机遇对于荣国府里的每一个成员来说并不是均等的，而王熙凤之所以年轻得志，是因为她有得天独厚的家世背景。

三是精明的才干。王熙凤虽然文化程度不高，但她"言谈极爽利、心思极深细"，具有较高的理家处事的管理才能。

四是要强的气质。王熙凤的作风挥洒泼辣，贾母戏称她为"凤辣子"。说话直截爽快，处事果断老练，行为落落大方，性格争强好胜，最重要的是，她具有压倒众人而绝不被别人所制服的气概！王熙凤担任荣国府的大管家，是客观条件和主观因素的统一，在那样的时代、那样的环境中具有一定的必然性。

（三）

在我看来，王熙凤没有错，她做得理所当然。人，在出生时都是一块带有棱角的石头，随着我们的经历越来越多，被磨得越来越光滑。凤姐生来就是这样吗？我们都忽略了一个最重要的问题，那就是她为什么会变成这样。人是环境的产物，也许，她也曾憧憬过忠贞不渝的爱情，也许她曾经包容、善良，毕竟出生于诗书簪礼之族，钟鸣鼎食之家，现在却成了泼辣的"凤辣子"。为什么？这是她在保护自己，毕竟一入侯门深似海，封建社会中，各种算计，不是你死就是我亡。一个人要经历多大的苦难、痛苦和折磨，才能变得狠辣非常、心思缜密？如果还没有达到她那种程度，那说明经历的还不够多，还能忍。忍字头上一把刀啊，忍得越多，当承受不了时，那把刀砍下来会要命，如此一来就只有两种选择，要么一刀毙命，要么凤凰涅槃。

不仅仅是凤姐，我们生活当中也有很多迫不得已，这种迫不得已抹杀了曾经的我们，成就了现在的我们。我们能说现在的我们很好吗？不能，因为我们很可能成了自己最讨厌的人，成了那个拿刀的人！比如说婆媳关系，"多年媳妇熬成婆"，你讨厌你婆婆怎么怎么样，但当你成为婆婆的时候，你就成了别人眼中的那个"婆婆"。

所以，王熙凤有错吗？当然有错，她错在生在了那个时代！马克思曾说，人是社会关系的总和。每一个王熙凤累计起来的错就构成了那个社会的错，社会继续荼毒下一代，就打了个死结，绕了个死循环。王熙凤是典型的环境下的产物，同时，作者对她的成功塑造，又很好地表现了那个时代。

浅析《红楼梦》里的一僧一道

　　《红楼梦》中有许多的角色，光有名有姓的就有 700 多人，而其中有两个神仙——一僧一道——极其特殊。

　　作者在文本中对这两人的描述极少，但两人每次出现都与人物命运发展紧密联系。女娲补天的遗石幻化成贾宝玉，由这一僧一道携入红尘。他们还点化了甄士隐和柳湘莲，给薛宝钗开了药方，给贾瑞送了风月宝鉴，也为贾府救危解难。这无疑给红楼梦增加了些许神话色彩，让故事亦真亦幻，好像每一个角色的命运皆由上天注定。

　　那这一僧一道又为何许人也？第一回中作者描写道："俄见一僧一道远远而来，生得骨骼不凡，丰神迥异。"可见一僧一道在脱离尘俗之地时，则显得极为灵性。而后又写道："只见从那边来了一僧一道，那僧则癞头跣脚，那道则跛足蓬头，疯疯癫癫，挥霍谈笑而至。"这与上文大相径庭，而第二十五回又写那和尚模样："鼻如悬胆两眉长，目似明星蓄宝光。破衲芒鞋无往迹，腌臜更有满头疮。"那道人是："一足高来一足低，浑身带水又拖泥。相逢若问家何处，却在蓬莱弱水西。"这就显得有些丑陋了，一僧一道到了凡间就变成如此了，也许是世间污浊，纯净之人外表被污染，形成了丑陋的模样。一僧一道到底是什么人？历来为其解注的人也不少，而我认为一僧一道是作者为渲染那种亦真亦幻的气氛创造的，在现实中有一定原型，在书中被定为主宰别人命运的人物，有推动情节、埋下伏笔的作用。

一僧一道对贾宝玉的作用，可谓大矣。第一回开始时，一僧一道给巨石施法，并将其带入贾府。贾宝玉在贾府中经历了一生，而后又在文章的最后被一僧一道带走。看破红尘之后，贾宝玉回归本真，回到了原点。

一僧一道在通篇中都作为线索人物，作为主宰人物，但每次又都在点化角色后给予读者思考的空间。一僧一道引导贾宝玉，却又不干涉他对自己命运的选择。在我看来，一僧一道可以被认为是人潜意识里纯洁的一面，它只能引导你可以走向哪里，但选择权还是留给你自己。

《红楼梦》本身是一个中国封建社会的缩影，一僧一道在其中穿梭，表现的是佛教、道教在历史上的作用。宗教和历史本来就有许多的联系，而在《红楼梦》中一僧一道"僧"排在"道"前，是不是意味着佛教在那时一定程度上的作用高于道教？佛教本身最终结果就是断绝一切烦恼，得到究竟解脱。这是不是逃避？在当时备受封建社会残害的人们选择了佛教，选择了断绝烦恼，选择了解脱，选择了从此隐身于人间。

贾宝玉当时也是反对封建礼制的一员，但最后他还是选择了脱俗出家。这就是那些反对封建礼制人员的思想，他们知道自己反对无效，所以他们选择了解脱，选择了脱俗出家。

一僧一道就是把有这种思想的人归化，这也就是宗教与历史之间的摩擦。

文学阅读给我的启示

与大家分享一下我对文学阅读的看法。我的阅读主要包括小说与散文两大类。

在阅读篇幅较长的文学作品时，我是偏爱散文的。散文那诗意化的语言总是能准确地描绘出我心里的感受，那种共情的语言让我心生欢喜，少了一些不被外界认可的猜忌与疑虑，多了些许从容与安心。也许人们在阅读中更偏爱小说吧，因为散文没有故事情节作为华丽的外衣，也是人们"不待见"她的原因之一。其实无论是小说还是散文，都是创造力、想象力与现实的结合物，都是记叙类文体，本就具有文学性。因此，它们是密不可分的。许多人钟情于小说，尤其是一些情爱方面的小说，如《简·爱》之类，笔者认为，如果抛却世俗的观念与固化的印象去看，如果说简与罗切斯特复合的片段是两个有情人紧紧相拥的画面的话，那么散文便是那情人经历众多挣扎之后饱满而又澄澈的泪水。

再一个须要注意的便是人称了。无论是作为考生还是社会中的个体，我们都应注意看问题的角度。看问题的角度很大程度上决定了我们的答题思路与行为方式。如果总以第三人称看问题，便会置身事外，很难融入生活；如果仅仅从第一人称的角度去看问题，固然对一些文字与事物有踏实的触感，但也会拘泥于其中，形成僵化的思维，且难以跳脱。唯有保持好一个适合自己的"度"，一切才会更好。

　　"人，认识你自己"便是一切之本源。只有放低自己，才能更好地着眼于世界。透过一些事物观察当今社会，不仅能够增强我们对于未经历之事的领悟能力，而且使我们初步理解了一种落入尘埃里的幸福，而不是流于世俗。人生短短几十年，而真正明事理又有多少年呢？

《简·爱》读后感

很早以前就听说过《简·爱》有"女生必读书籍"的头衔。一直以来，我都以为它之所以被给予这么高的评价，是因为它把一位平凡而伟大的女性刻画得细致入微。哪怕是在两性观念极其开放的西方社会，因为男性先天的身体优势与健壮的体格，所以亦不可避免地出现男尊女卑的思想。

后来才明白，名著之所以伟大，从来就不在于它所谓的"中心思想"，而在于如何围绕这个"中心思想"描摹"人人心中有，个个笔下无"的动人细节。正是这些细节，诠释了种种亘古不变的真理。如果没有对书中人物的正面描写与简·爱前半生的遭遇，以及对她周围环境的侧面烘托，《简·爱》便不会在文学史上占据如此显赫的地位。

"我仍然可以求助于未被摧残的自我，也就是那未受奴役的自然的感情，在孤独的时刻我还可以与这种感情交流。在我的心田里有着一个只属于我的角落，他永远到不了那里，情感在那里滋长，清新而又有保障。他的严酷无法使它枯竭，他那勇士般的整齐步伐，也无法将它踏倒。"书中有很多诸如此类的有关简·爱的心理描写，都无一例外地体现了简·爱最为鲜明的个性特点：自我意识与自尊心很强，对人格的平等有着强烈的追求。但同时，简·爱也是善良博爱的，对于罗切斯特的养女，她千方百计地为其寻找一个环境比较好的学校，以便小阿黛勒能够在愉悦、合理，并不严酷的环境下健康成长。在经历过罗沃德学校那苛刻得近乎有些不合人性的管理之后，简•爱便愈发能够理解他人的难处，显得更有同理心。对于远房表哥圣约翰的决定，她选择祝福。她在接受仅凭一己之力难以改变的苦难之后便更加珍视、热爱生命中的一切美好。这些必经之路坚定了自小镌刻在她骨子里的价值观，亦铸就了她顽强的意志。

而全书情节的设置也使这本小说在内容上更具连贯性，情节更符合常理。同时也昭示了一个真谛：环境对一个人人格的塑造具有重要作用。

简•爱儿时生活在里德舅妈家，那时的简•爱受尽了舅妈与堂哥堂姐的虐待与嘲讽，在这段时期，寄人篱下的简•爱一定是自卑至极的。那时的她因为人性基因里独有的反抗性而选择用强烈的自尊去掩盖自己的自卑情绪。一个人遇到与自身能力不匹配的困难与挫折后，只有两种可能性，一是被挫折打压，直至销声匿迹；二是意志会变得如钢铁般坚韧，历经百般锤炼，淬火打磨后，最终明白向内寻求的永恒性，成为一个拥有完善人格的成熟的人。无疑，简•爱是后者。在童年时期，简•爱幼小的心灵里便滋长了强烈的自尊感与独立意识，这种对独立人格的捍卫与反抗精神已初步扎根于她心中。所以她学会了一遍又一遍地表达自己合理的诉求，为自己不公平的命运抗争。我认为这部分的经历也为后文简•爱发现罗切斯特为试探自己对其情感的真挚便假装向英格拉姆求婚后愤然离开的情节做了铺垫。简•爱固然爱罗切斯特，但她的理智胜过了情感。同时，里德家的保姆贝姬和艾博特对简•爱的同情与关爱也为她枯竭的情感带来些许甘霖，不至于使她的心灵受到重创而变得消沉，成为一个仇视社会的人。

简•爱人格的加固与稳定大概是在罗沃德学校上学的日子。学校名义上的投资人布罗克赫斯特出于情感的偏见多次对简·爱进行语言、行为上的凌辱与学校食宿环境的艰苦使简·爱懂得自尊自爱；坦普尔小姐对简·爱恰到好处的关怀与海伦·彭斯真挚的友谊又使简·爱的内心充满美好。简·爱在缺衣少食的学生时代忍受着饥肠辘辘，同时也在绘画中找到了自己的志趣之一，获得了一笔宝贵的精神财富。这样的生活哪怕清苦，也不至于使她的思想走向极端。这时的简·爱亦变得更加坚定，在忍辱负重中坚信美好。简最好的朋友海伦染上瘟疫去世了，近距离接触死亡的经历使简更加珍视自己的生命，含泪答应海伦要替她活下去，替她见识那些未曾感受到的遗憾与美好。而坦普尔的合理开导与真诚交谈也让简·爱明白：人间有温情，世间有光。虽然岁月有冰霜，但是高贵人性蕴含着的悲悯，哪怕是在悲凉的破冰时节，也会化为缓缓涌动的清凉雪水，夹杂着淡淡的感伤与自身的经历化为永恒。

在历经磨难后，简·爱终究收获了一份平凡的幸福，这也符合大部分人平凡的人生轨迹，写到了大多数人的心坎里。简·爱一定能够深深地理解：甜要偶尔入口才能品出滋味，而苦要经常品尝才能坦然无畏。越是看似煎熬难耐的时光，留下的就越是点亮心灯的印记。而对过去的谅解与释怀，也是与自己和解。把不断的纠结化为理性的终结，是人性的本能，也是成熟人格的深刻体现。落寞凋败时，水波不兴靠的是自己的信念和底气！

从三毛的生命一瞥中得出的感悟

最近读了一本关于女作家三毛的传记，备受触动。日月经天，江河流淌，历史的车轮无休止地碾压过自然界的一切，叶片的脉络和凡人的思想才依稀可见。

"那些会在大雪纷飞里为他人撑一把伞的人，一定是曾经遭遇过天寒地冻。肺腑都冷过以后，才会刻骨铭心地记得，才会感同身受，才会不忍心再有人承受这种苦，才会时刻惦记着搀扶一把。"的确，环境铸就了一个人的品性，这是一个亘古不变的真理。

三毛的原名其实是叫陈懋平，因为她那一辈在家族里的排行属于懋字辈，父亲又对这第二个女儿格外疼惜，所以希望其在乱世之中能够平静安稳，故取此名。然而儿时古灵精怪、不走寻常路的陈懋平，却执意自名三毛，因为她欣赏《三毛流浪记》中三毛不惧艰险的反抗精神。那时的她，殊不知后来认的干爸张乐平对她儿时的影响有多深远。《三毛流浪记》这本书，给了她不安于现世生活，不接受过去中产阶级女性被家庭安排婚姻的现实。那时，内心本就安稳，何必再去祈求外在的虚无缥缈呢？！窗外，淡淡的树影，隔着轻帘，若隐若现。隐逸了的，是她超出常人的文学才华；展现了的，是不曾预料的未来和命里注定的曾经……

后来三毛上了中学，初中数学老师的刻意刁难和同学们或有意或无意的嘲笑让三毛变得愈发敏感多疑。终于，在一天早晨，三毛刚刚踏进教室，就顿觉头晕目眩，夹杂着同学们的笑声和撕打声以及眼前的一切都变成了灰黑色，三毛昏倒了！其实，三毛曾把自己在学校的经历都告诉了母亲，母亲以为是源于小孩子刚上中学的不适应，就没过多在意，随意地安慰了二女儿几句，说之后会去给老师送礼，让老师对她的态度稍微好一点。但，物质上的东西相比于内心的执念，就显得苍白无力了！物质上的满足能改变一个人的行为方式，却无法从根本上改变内心根深蒂固的看法，语气中自己无法察觉的不耐烦是一个人真实的内心感受，强制性地去压制会充满痛苦，真实的推心置腹与促膝长谈才是化解纠纷、谅解彼此的唯一途径。

生活是粗糙的，细腻的是一颗心。望月生情，对花落泪，迎风咏怀……有些事，听起来矫情，其实是一种能力。鸳钝的人不能明白，昙花一现便是智慧；怯懦的人不能明白，国色天香便是欲望；肤浅的人不能明白，春泥护花便是伟大。

但有时，晓之以理动之以情，却施压力于无形。丁香般的女孩子，也会有枯叶蝶的愁绪。有些爱，是深情；而有些爱，就只能是伤害。对荷西的深爱，铸就了撒哈拉生活的幸福如昨日，亦使她的文学天资大放异彩；但失去了，又无法自拔、深陷其中。衰亡于命里演绎，但，文学与爱情仅仅是生活的一部分，而细水长流的漫长岁月才是生活的本真。生命从一个人出生开始就是痛苦的，而生活的本质却着实是幸福的——夹杂着淡淡的忧伤与欢乐，痛苦与美好。

一代才女就此消逝，一切都将过去，一切又不会过去。所以，感谢岁月，让我们在各自的生命历程里不断地行进！

《人间告白》读后感

最近读一本名叫《人间告白》的书。这本书的作者是一位笔名为金鱼酱的坚强的女士。面对深爱的丈夫患癌逝世，她没有被眼前的困难压倒；面对需要抚养的年幼的孩子，她选择坚强面对自己今后的人生。

我曾经听过一句令我深有感触的话：活着，只是生命的一个过程，而创造才是对生命的注解。因为生命拒绝堕落。

人生中还有很多未竟的梦等着我们去实现，我们又怎么能自甘堕落呢？我喜欢书中一句句清浅真实的文字，也欣赏善良坚韧的小锦。这本书让我明白了：我们所经历的不仅仅是死亡与不堪，还有希望与勇气，以及从中衍生出来的承前启后的责任感。死亡给了我们更多的思考与感悟，让我们珍视岁月，敬畏生命。

死，是生的对立面。人人都想要铲除死亡，以获得长生不老。但死亡是铲除不了的，它是存在于人世间的无法消除的事实，唯有接受它，才能以最低风险概率的心态笑对人生，也能把幸福带给身边关心体贴你的人。"笑着走"，便成了生命的智慧。

我们应该万分珍惜每一寸光阴，因为我深深地感到我现在拥有的健康，是很多重症监护室里的病人难以获得的宝贵财富。他们在病痛之中渴望着明天的太阳，那对于健康者来说触手可及的东西，似乎已经成为他们在病痛之中的精神支撑。感念岁月，珍视亲情，敬畏生命，方可收获美好，使内心安宁。笑对今后的人生，就会泰然自若，不再畏惧。

很多人在生的时候无意中产生死的浮想，这样的想法着实是把自己吓了一大跳。有人说，对于生活要长远规划，从长计议，不能竭泽而渔；还有人提出要把每一天都当作最后一天来度过，这样的人生充满意义。因此，我陷入了迷茫之中……深思熟虑一番，我对自己说：从价值取向与结构上来讲，还是要有长远的目光，这样的人生更为精彩；但从对待生命的心态角度来讲，我们应该在完成过程中做到全心全意，才会不枉此生。

很久之前便听说过一句话："上帝为你关上一扇门的同时也会为你打开一扇窗户。"但看过这本书之后我便明白，更多时候生命只是加深了你对于生活与生命意义的理解，让你提前经历生活的苦难，让你变得更坚强。至于那扇窗户，其实是人本身为了自己不被憋死在里面，自己打开的。那大概也是一种求生的本能，与向日葵一样具有向光性，那便是自然的伟岸！

读了这本书，对于生命，我也有了新的见解与感悟。逝去，对于平行世界而言其实不是最重要的。真正让人无法直面的，其实是害怕自己对家人的拖累，那种感受哪怕对自己也是一种并不畅快的情感体验，一种缥缈的负罪感；除此之外，对情感的把控也会让人手足无措，因为是人生第一次经历，难免会有一些忐忑不安，对孩子的情感既不能过于疏远又不能过于溺爱，这种分寸难免不好把控。对家庭的认知都如此浅薄，又如何承担对社会的责任呢？

也许这个问题值得每一个人亲自回答，且每个人得出的答案都有所不同，这是由于人们价值体系的差异。而回答的共性就是：构建一个美好的社会，学会善良与仁爱，变得真诚而富有同情心！

希望你看到的文字

读季羡林《心安即是归处》

读了季老的作品，我才明白：低到尘埃里的幸福，原是一种海纳百川的广博，一种无言的深刻，它比苍白无力的千言万语有用得多。人生真正的智慧应当是矜而不争，潜心修炼，认清自己，铸就一颗强大的内心。穷尽一生，我们都只是物质的保管者，始终无法成为拥有者。真正割舍不下的，还是一段尘世的绝美情缘。苦心经营、处心积虑者，必定寸步难行；注入深情、一往情深者，必定难以自拔；守住自我，拨开薄云者，方能望见月明。

我亦赞同季老的观点：我们对他人的谎言的确不仅仅限于居心叵测者，有时也是为了维护自己的名利，因此谎言成了一种人之常情。因为，"名"是为了好胜心也就是发展，"利"是为了温饱也就是生存，两者都是人之本能。这些行为本不存在过错，但一个人还是要敢于讲真话的，否则就没有了良知。

初读季老的文字，我感受到了宁静淡然与处事不惊，他敢于承认人性的卑劣而保留纯粹的快乐。大多数人都是出自本能去做一件事而不问来路与归途，最终往往南辕北辙、事与愿违。但对此季老却看得相当通透，岁月不但没有抹杀他的好奇心，反而使他的兴致得以"保鲜"。

季老的文字有一种洞察世事的犀利。我原本以为文字应如涓涓细流沁人心脾，同时反映出人类纯净的内心世界。但后来才发现直截了当、通俗易懂也具有一种别样的魅力，这是一种成熟而不世故，圆润而不混浊的人生态度。

因为一切成熟的，除却自我保护的因素之外，本应是低着头的……

心　迹（一）

存在这样一个真理：努力过后不一定有收获，但不努力就绝对没有收获。但人们往往忽略了另一个真谛，那就是：一个好的，甚至是完美的结局，都不一定有一个很好的过程。这个真谛，是绝对符合人心和人性的，人人都想要自己生活得很好，于是在不触犯既定的规则与制度的情况下，都尽可能地寻求自身利益最大化。在我看来，那不是一种成熟的表现，而是一种世故的手段。但，在这种手段的帮助下，可能会实现自身利益，这种实现途径可能会被误以为是自身价值的体现，这也无可厚非。但在好结果的引诱下，过程却往往会被人们忽视，生活亦是这样。没有经历一定的过程而得来的好结果，终究抵不过内心的煎熬与苦闷。

人都有七情六欲，都有爱恨情仇。所以没有绝对的对事不对人，亦无绝对的不偏颇，所以要学会抑制自己，谨开口慢开言，才会尽可能地减少对生活的误解。别人眼中的你，也许并不是真正的你，而是他意识形态当中对于你的设想。因此，别人对你的评价坏到极端，也许只是他所处环境造成的，只是他对生活与生命的解读。

在这种情况下，如果你遭遇了他人的无故谩骂与指责，就没有必要再暴跳如雷了。拥有自我而不堕于自我就显得极为重要，对自身有更为清醒的认知可以有效减少陷入生活泥潭的次数。

自己曾幼稚地认为：如果连续几次在同一事件上表现很好，那是因为自己对此擅长并且真正热爱。现在想想，也有可能源自一些外在的事物，比如功利上的兴致与别人的赞美，一个人的性格与难能可贵的机缘等。生活亦不是一成不变的，人生也总是变幻莫测的，世间万物，缘起缘灭，妙不可言。在一些事物上，价值观的衡量标准不同，结局也就大相径庭，这是一件很正常的事。

比如一个家境一般的人在房地产业兴起时，因为认识的人多，且有些人脉，所以在市场行情感知方面较为擅长，他能获得的信息量又很大，懂得抓住机遇、把握时机，这个家境普通的人最后跟随朋友在大城市买房投资，最终成就一番事业。

那么，这个先前家境一般的人真的是独具眼光，特别具有经商头脑，特别有能力吗？我觉得不完全是这样。一方面，他有靠得住的人脉，且之前有长期的情感经营，是付出了精力与时间的，不算是不劳而获；另一方面，发现这个商机的人绝不止他们几个人，这说明异于常人的胆识也是必不可少的。毕竟不是所有"嗅"到商机的人都能在看到巨大风险的时候仍坚定投资的决心与意志。

其实这个靠朋友介绍买房起家的人也是我的一个朋友。后来他的几个亲戚被他所谓的"经商头脑"吸引，他的虚荣心也日渐蒙蔽了他的双眼，从而分不清由商业利益带来的巨大诱惑和真正的现实世界。他开始鼓吹几个楼盘，刚开始深得几个亲戚的信任。后来，因买的几处房产租不出去亏损了很多，几个亲戚日渐失望了。这也说明了一个道理：结果并不能完全代表所有的过程。信息亦具有时效性，清醒的认知是为人的先决条件。

所以，如果有一定的正确方向，至少可奠定一部分既定概念。马克思曾说过：人是社会关系的总和。

展开来想，很多事物都逃不过这个定律，读书与思考也一样。如果一切阅读都变成了了解中心思想，那么读书就很可能会成为少数人的专利；如果思考一切事物都从浅层的现象入手，那么事物的本质就很可能会被情绪亵渎了。其实，以上两个方面也只是浅层的冰山一角，但是很有说服力和针对性。如果悉心揣摩，你总会有更多的发现与感慨。

心　迹（二）

近处无风景，身边无伟人。这个世界充斥着太多的情感色彩，你在感受花香时也许正踏着荆棘，但选择撒下花种的人是美好的。

请对他人少一些苛刻。或许他人并不会感念你大度的行为，但你会更加感念无情的岁月。你的不可替代性构成了自己独有的意义与价值。将"薪"比"薪"，是寻求不快乐的快捷方式。

非必要情况不要在他人背后谈论是非功过，因为这样永远无法赢得人心，也始终无法认清他人。愤世嫉俗也许会毁了你的前程。

面对一个老是挑你刺儿，无论你如何示好、如何抛出"橄榄枝"，都表现冷淡的人就不要在他身上再耗费精力了，因为一个人的精力是有限的，而把精力花在有用的事情上，才能够更好地彰显价值。世界上没有无缘无故的爱，亦不存在无缘无故的恨。你们的分歧可能在于对彼此言行的不适应以及世界观与价值观的不同，也可能在于另一方的自尊受到了你无意中的伤害。

如果你所在的生活环境里存在一些深深影响你情绪的事情，让你产生一种草木皆兵的感觉，那只能说明你对这件事情相当在意。与这些事情紧密联系的便是你在这方面的处事能力，你害怕自己的能力达不到但是又恐惧失去这些能够使你的心灵变得富足的事物，你的自尊与价值感因此降低。每个人或多或少都会有低自尊感，有的人选择反复提及，有的人选择刻意隐瞒。对此有一种说法是：缺什么吆喝什么，痛什么逃离什么。等到尝尽酸甜苦辣，历尽生离死别，体察尽人性卑微丑恶，但仍对人世充满脉脉温情与美好向往的同时又云淡风轻者，方为大彻大悟。而有的人则选择用其他方面的事情来冲淡那些不堪的心绪。其实这也是一种好方法，但是从心底承认问题的存在，正视问题、积极面对才是更好的应对方式，所以诚实面对自身是很困难的，它主要难在诚实地面对自己。

请学会有情解读每一件事，即使世事无情，人间亦充满爱。

请不要随意去否定与打压一个人。很多人都会犯一个相同的错误，那就是因为别人做错一件事而彻底否定那个人。也许这是一种不可避免的心理感受，是一种夸大过的真实内心体验。但是长期用这种心态去面对事业与生活，最终自身的感受可能也会愈发消极。这便是生活中存在的作用力与反作用力。

请忽略在你背后讲一些闲言碎语的人。如果他们在背后议论你，那只能证明你比他们活得精彩得多。喜欢拿别人的是非祸福说事儿，心智都不会成熟到哪儿去，格局有限的人自然不会在你的人生中占据重要地位。

请学会善待一些年幼的孩子，不要让他们过早地了解成人的世界，参透社会残酷的那一面。学会尽己所能地让阳光洒进每一扇心灵之窗，别让社会的污渍浸透心灵的地面，隐匿于每一个幼小的细胞，是我们守护这些花朵的一种方式。

请不要随意拿生命开玩笑。一些变质的情感并不是一张张具体的面孔，而是存在于心中的美好臆想与印象……

请学会有情解读每一件事，即使世事无情，人间亦充满爱。

心　迹（三）

　　不高估人心，不低估人性。在一定的时机，审时度势太重要了，表里不一有时符合人心，也是人之常情，但自己又何必去臆想他人呢？其余的都不过是明哲保身罢了，所以在旁人看来，"不清楚"是再正常不过了。

　　每个人都有那么些不为人知的一面，只是体现在不同方面而已。

　　一本书里写道："喜悦时，不要去许诺；愤怒时，不要去争辩；悲伤时，不要去决定。"这样说是有道理的，乐极生悲，容易遭遇背弃，容易受伤。不理智的情绪不但不能解决问题，只会适得其反，让自己心乱如麻，让别人误解。带有情绪的决定往往具有片面性，参考价值有限。

　　不要给自己太多怀疑的空间，那样会浪费很多时间。凡事都用借贷关系的思维去思考，往往会让亟待解决的事情陷入死胡同。需要思量的应该是：做还是不做，应该怎么做。

　　把一切事实的根源都归结于规矩本身，的确比推卸给他人要利己得多。但，规矩也会被推翻，规矩也是人制定的。

　　通过情感换取的幸福往往具有时效性，这种幸福带来的安全感会让人患得患失。保持内心平静并使自己更好地拥有支配财富的能力才是一个人不受过多干扰的秘诀。

　　如果你突然意识到一个人没你想的那么好，那一定是因为你想得太好了，实际跟不上你想法的脚步，实际上他是一个不算太好亦不算太坏的人。于是，看清了，参透了，并且安之若素地生活着，本身就是一种境界。

哪有自始至终的好，只有拐弯抹角的不好。（没有人会一直对你关怀备至，人的思想情感是复杂的，一眼观底不大可能）

人们对"岁月静好"误解太深，着眼于当下，才不会感到痛苦是它的真正含义。一切意义都取决于个人价值的实现及个体对自身的认同感，平白无故地想起其他个体的"负重前行"只会徒增哀愁，徒添压力。只要一切安稳，学会感念，万事俱佳。

你剥开一个橘子，掰开一瓣，尝了一下，发现它是酸的。但对于橘子来说，那是它的全部。所以，不要假借令人心碎的爱的名义去实施伤害的行为。

心　迹（四）

伴随着撕心裂肺的阵痛，从最初的那一声啼哭开始，一个生命诞生了。这日日夜夜都在上演的故事，仿佛揭示了一个朴素的道理：人要经历很多痛苦，才能看透人生。

世事轮回，浮生若梦，一个人要经历多少尘世岁月，才会懂得：美好的风景总是夹杂着荆棘的藤蔓。有人被毒刺缚住了手脚，缠绕了岁月，也有人从泥土里捧出高贵而不染纤尘的花朵。

有些经历，无关容颜，无关风月。你一直都不知，它何时带走了青春的浅薄，何时又蒙上悲哀的厚重色彩。就好像你始终不懂，为何获得了财富却又失意了人生。

后来，你逐渐知晓，世间万物都始于无情，如果你用有情的目光去观察，很多事物也就有了返璞归真的解读。一个人因为幼年哭泣被人诟病，后来就学会了假笑；一个人缺少关爱就会个性张狂以寻求安慰；一个老妇人之所以会腰酸背痛也许是因为生大女儿时着了凉，躺了一个礼拜就下地干活，生下小儿子后，不顾伤了元气的身体，就着生姜喝着苞谷羹却因此透支了健康。

生命起于纯粹的呼唤，发于混沌的摸索；人生懂于岁月的磨砺，发于热情的慷慨；生命无法承受之轻，混沌亦无法接受冷漠的说教，唯有教会他人擦亮双眼，才能活出一个真实的自我。

我想：用有情之心解读无情岁月，是一个大智慧者的必备素质。

人生絮语

我眯起眼睛看着外面散发昏黄光线的路灯，冬日的雨总是下不大。雨水在黄黄暖暖的灯光映照下变得朦胧了，在空气中回旋飘落。我仿佛伫立在雨中，望着地平线那头绵延无尽头的道路，似乎恍如隔世。

我喜欢在深夜的雨里思考，在缥缈的细雨中观察身边的人与远方的世界而不是在明媚的艳阳天。因为这样清静的环境很适合一个人独处。

在深夜的雨中望着川流不息的街道，我发现每个人都在为了寻求更美好的生活而奔波。大概很少有人能够在安乐窝中如愿以偿地生活一辈子。上天给每个人都安排了一项可供其生存与发展的技能，它在为一个人关闭一扇门的同时也会打开另一扇窗。

每个人都希望自己能成为一个全能的天才，精通各国语言，数理化难题信手拈来。这样就能多一份底气，多一些选择。但是静下心来去想，每个人的精力都是有限的，还要兼顾生活琐事，所以自然没有那么多精力去学习那么多的谋生手段，我们可以从中得出一个结论：样样通，多余人。

当一个人诉说自己在某方面或某个阶段的完美时，其实已经显示了他的不完美。而当一个人活出真实的自我，从内心解剖自己不完美的一面并真正接受、不怕承认时，他的人生进程才真正健康了。

从前的自己讨厌雨。这样总是阴郁的天气势必不会清扫心灵的雾霭，还何以在心灵的牧田上高歌呢？后来才发现，这样的天气让人的内心趋于平静，在平静中竟也萌发了"经事还谙事，阅人如阅川"的冲动。"荒园萧瑟懒追随，舞燕啼莺各自私"便是一种释然随缘的自然心境，因为春老花残、落英狼藉的景象留给后人的不是衰败，而是一片心灵的繁华。

　　在世俗中染的尘埃，却描摹出一朵明媚的纤尘花。退却虚妄的构想，真实的价值才依稀可见……

风景之思

我躺在远离森林湖川的城市里，却不乏一个触摸自然突兀轮廓的梦。耳边的轻音乐喃喃地向我诉说着你的无限情趣。于是，我的心里便种下一粒梦的种子，它在远方呼唤着我，使我赤脚穿过山里的荆棘，去朗读你血液的命题。

那汪血脉中的美好，便存在于乡土的深处，亦植根于我寂寥的心中。一进入天意谷，就与微风撞了个满怀，风中尽是栀子花的甜蜜香气。一片两片青叶，似在与我交换心绪；三枝五枝枝条，似在抚慰我的灵魂。几滴晨露、阵阵虫鸣、逶迤青山、旖旎风光，都是埋在心里的深厚情谊。

我在感受了很多自然之景后，便进入一个更加丰富多彩的世界。首先映入眼帘的是一个从天而降的瀑布，湍急的流水发出轰隆隆的声音，倾泻下来，似一团团云雾飘飘洒洒，又像一股白烟。那溅起的水珠落到我的面颊上，一股清爽、惬意的感觉冲荡着我的心扉，这美景怎不使人陶醉？

这时，我便迫不及待地想要融入其中，去感受大自然源源不断、取之不尽的优雅从容。我和山水悉心交谈，我向它们描摹着庸人的世俗生活与人生百态，亦诉说着我对人与事短浅的爱慕和有限的思索。我明白，这些山水见证过太多的沉默与血泪，亦承载了太多家乡人的命运浮沉。这些山水见识过不同年代的人，见识过不同年代的青年人。

不多时，我便来到了一条逼仄的道路，无奈之下，我只得半蹲着前进。有时，"以退为进"其实并非逃避，而是一份舍得的情怀。人在俗世中，有时因迫不得已而改变自己，那是人的本能，也是一种处世的哲学，这便是曲径通幽的妙处了。

沿着这段必经之路前行，最终抵达的目的地便是洞中天河。我怀着对自然的敬畏，胆战心惊地爬上了刺激的空中悬梯，来到了洞中天河。迎面而来的凉意不禁让我打了个寒战。洞中一片昏暗，只有一丝光亮。借着昏暗的光可以看见头顶上悬着不计其数的钟乳石。灰褐色的钟乳石与光线交相辉映，一丝丝微凉的水雾，缓缓地抚摩过我的面颊，人的心境也变得明朗起来。

我明白了，人活着之所以不快乐，缘由之一便是活成了别人眼中的自己。身处职场，便活成了领导眼中的自己；处理生活时，便活成了琐碎的自己……这一切的一切，皆因人们迫于现实的压力而无能为力吧！

人世间大多数的缘分是不能强求的。正如杨绛先生所说，无论什么关系，情分被消耗殆尽，缘分便走到了终点，把错归咎于自己并且礼貌地退场。把自己还给自己，把别人还给别人。让花成花，让树成树，从此山水一程，再不相逢！愿来生，不见，不欠，不念。

不久后，天色便暗了下来。我挥挥手向这些景致作别，带回了满怀的好风景与释然的情愫。我想：一生努力，一生被爱，想要的都拥有，得不到的都释怀，大概就是这些友人想让我明白的最简朴的人生真谛吧！

梦里留香

那一季的深夜，风凌乱了碎发，光阴如梦般美好。我穿着蓬松的睡裙，来到窗前，在随风入夜的细响中，观外面的碎花，渲染了整个季节，那只是一场梦境吧！一场只是存在于过往的梦境。

那是一段关于老街的回忆，老街的街边栽满了银杏树。我的思绪，就像那扎根于泥土的生命，飘荡在这里。眼里泛着的泪花，才真正地懂得我的心思。那细微的情绪流露，伴随着 21 世纪之初的回忆与那些年的欢声笑语，常驻在我心中，成为永恒。

年少的欢喜，太简单太纯粹！没有"自在飞花轻似梦，无边丝雨细如愁"的缥缈之感，亦没有"欲黄昏，雨打梨花深闭门"的春闺秋怨。也许，年少的诗意就在于诗意地生活吧！

雨中空气的清香，是一段陈情的过往。那时，阳台上尽是栀子花的恬润，那是爷爷亲自侍候的成果。但现在，老屋里空荡荡的，只有孤独的钟摆在缓慢摇晃着，墙上挂钟的时针也已褪去了岁月的光泽。再次走近古老的书柜，上面的书已经布满灰尘，那是 20 世纪的产物，里面还有一些搬迁了无数次的民国时期的旧书。轻轻打开扉页，几页碎掉些许的纸张悄无声息地夹杂在书页里，上面的繁体字似乎昭示着它悠久的岁月，我猜不透它原主人的性情，我肤浅的阅历只好停滞在梦的彼岸。那喷溅式的墨迹似乎浸透了整页纸张，似乎也跨越了百年的芬芳记忆……

今天，在思绪的引领下，我又重返此地，那年的麻将馆已然面目全非，木门紧闭着，上面扣着的锁已锈迹斑斑。那年的光盘店和零食店的位置被一个牙医店取而代之，里面尖锐的器械声令我感到压抑与沉重，另一批陌生的人群让我怀疑现在的年龄。

　　街上的大部分居民都是些上了岁数的人。另外一些经过的孩子是附近学校的学生，可能是因为离学校近，他们的入住为这个垂朽之地注入了新的生机与活力。后来，听当时的"原住居民"亦是小时候常喊的"汪大嬢""老香嬢嬢"她们说：很多老邻居纷纷搬走。最后，这里只留下了一些年老又比较舍不得故人与故居的人守着他们的青春与孩子们的梦想，直至他们的年岁耗尽……

　　我站在这有些年头的木头窗子旁边，仿佛又忆起那一季的深夜，窝在被子里的姐姐和我，隐隐约约听见窗外传来的鸟叫声夹杂着大人催促我们入睡的声音……我们藏在被子里面，就像藏在神秘天堂里窃笑，不久后也便酣睡了，梦里夹杂着断断续续的记忆，伴随着窗外的袅袅清香、声声鸟鸣，以及白天市井街头的交谈声……

凭什么放弃

　　人生道路，难免磕磕绊绊，可那些中途放弃者，不计其数。你们可曾想过：你应该放弃吗？

　　如果你想放弃，却觉得有人不会放弃你。那我就只能说句：抱歉，你别痴人说梦了！醒醒吧！地球离了谁，都照样转！别总是把自己当成地球的中心，你放不放弃都是自己的选择。别人帮不了你，除了你自己，没人能改变你的命运。

　　想让你过得很好的人很多时候只能为你提供参考性的意见，而不想看到你好的人只会在暗中窃喜你的退缩，或者趁机落井下石。即使是身边的朋友，也许他是希望你好的，但是生活有很现实的一面，他内心可能并不希望你过得比他好。

　　如果你放弃了充实自己，停止了不断进取的脚步，哪怕是与你朝夕相处的恋人，可能也会离你而去。也许并不是他有了其他令他着迷的人，只是因为你的思想格局与事业高度已经跟不上他的脚步。请不要对"海枯石烂""一生一世"的壮丽誓言抱有太过美好的遐想，在距离面前，一切都显得微不足道。

　　也许，你会有所不服，但这世界就是这样。这世界没有绝对的公平。正因为有那些不公平，才会有人一直努力，一直拼搏。那么，你呢？你有为自己拼过吗？今天的你相比昨天努力了吗？

　　也许，你有着无法改变的人生，有着遥不可及的梦想。可能，别人唾手可得的，在你那里却总是努力仍不能拥有的。所以，你认为你的资质并不好。但是，尝试在泥泞中抬脚，总好过深陷其中不愿自拔。明天的意义，绝不是将人生停歇在命运的阴影里，而是用力拽着命运，不断前行。

如果这也无法打动你，那么你知道华罗庚的一生吗？华罗庚在初中毕业后曾入上海中华职业学校就读，因学费而中途退学，故一生只有初中毕业文凭。但在退学后，他开始顽强自学，他用五年时间学完了高中和大学低年级的全部数学课程。后来他不幸染上伤寒病，靠妻子的照料得以挽回性命，却落下左腿残疾。20 岁时，他以一篇论文轰动数学界，被清华大学请去工作。

从 1931 年起，华罗庚在清华大学边工作边学习，用一年半时间学完了数学系全部课程。他自学了英语、法语、德语，先后在国外杂志上发表了多篇论文。1936 年夏，华罗庚被保送到英国剑桥大学进修，两年中发表了十多篇论文。1938 年，华罗庚访英回国，在昆明郊外一间牛棚似的小阁楼里，他艰难地写出名著《堆垒素数论》。

这些取得杰出成就的名人都未曾放弃，更何况是平凡的我们呢？我们该放弃吗？

如果你还想放弃，那你最好打消这样的可怕念头！时间给你的，仅仅是时间，没有任何答案。想要答案，就只有靠自己不断地去寻找和确定，属于自己的路只有自己走过才知道值还是不值！坚持走下去，路才会渐渐变得清晰。当你有所成就的时候，定会感谢当初不曾放弃、不服输的自己！如若你现在就放弃，现在就服输，长大后的你最多的就是后悔！不要放弃，现在你放弃了，世界这么大，你又拿什么去看！当你后悔了，不会有人可怜你。世界不公平，你想要它公平，就只有不放弃！时间不会辜负那些有准备的人，不会放弃努力的人；但同时，也不会可怜自行放弃的人！

无论什么时候，你都要对自己充满期待！在深夜绝望的时刻，如果你想放弃了，就安顿好自己劳累与冰冷的心，告诉自己：我凭什么放弃？！我不能放弃！

圆梦书屋

忆起懵懵懂懂的幼时，每当奶奶领着我回到老家，刚走到一个分岔路口旁，就会有一些年龄同我一般大的孩子跑过来，然后瞪着铜铃般的大眼睛好奇地打量着我。我想可能是因为我出生在县城里面，他们没见过我才会这样吧。

后来我和一些同龄伙伴熟络后，他们便领着我去看同村的一个阿婆。犹记得阿婆住在一座小山上，阿婆家四周有很多民国时期样式的屋子，不过那些年久失修的屋子已经很久无人居住了，阿婆家的屋子经过几次整修还可以居住。白天，除却欢笑的孩子们，屋子外面还会有一些放羊的人偶尔经过，伴随着叮当作响的清脆银铃声。黄昏过后，孩子们便和阿婆一一作别，牧羊人也早已回到了山下的家里。阿婆便慢慢地挪动着步子钻进布置简单的屋子里。

村里的孩子们喜爱在假期里簇拥着阿婆，阿婆总是爱抚地瞧着孩子们说道："娃娃，念书可得好好念，好好识字，可别像阿婆这样……从未进过学堂，未曾识得一个字，连自己的名字都不能明明白白地写出，这是阿婆大半生每每想起最遗恨的事。"

小时候的我感到很好奇，忙去问奶奶阿婆的来历。奶奶便讲起了那段心酸的往事。那时大家的生活条件都很艰苦，日子过得异常清贫。包括奶奶在内的很多人都以半工半读的方式勉强完成了基础教育。而阿婆家里仅能负担起一人的学费，那自然是阿婆的大哥。

但阿婆对书本和知识却总有着常人所不能理解的痴迷。旧时阿婆哥哥灰布包里薄薄的课本，而后子女、孙辈的书本，她总是爱不释手，用粗粝的手爱惜地抚摩着，一遍又一遍，阿婆对知识的渴望也都蕴含在了这轻轻重重的抚摩上。后来，阿婆家里的年轻人都去了外地工作和读书，只有她留在了这里。阿婆家里有一些旧书，她把这些书籍视若珍宝。

阿婆喜欢与孩子们讲起自己的往事。她讲起年少对知识的强烈渴望时，曾几度滚下热腾腾的眼泪。那眼泪好像年轻时熊熊燃烧在阿婆心里的火焰。

阿婆年幼的时候，在学堂外偷听讲课，每每总能被外祖逮住，教训几顿，但仍"死性不改"，在放牛割草的时候，对着一地油嫩嫩的猪草，两头嫩生生的牛犊，旁若无人地吟诵着从学堂偷听来的唐诗："远看山有色，近听水无声。春去花还在，人来鸟不惊……"日日吟，夜夜诵。阿婆的哥哥都未能记住的唐诗，阿婆自己竟已背了个七七八八，还当上了哥哥的"小老师"。

结婚之后，阿婆便再未能与书本相遇。每天计算着柴米油盐酱醋茶，日子虽说过得不紧不慢，但她总觉心中有什么放不下的东西，在夜深人静想起时，也能漾起波澜来。直到暮年，她用最轻快的声音背诵唐诗给孩子们听："远看山有色……"在孩子们满目期待的凝望下，她欣慰地笑。

后来又过了些年头，我又回到村子里，便听说村镇上开始建设农家书屋。农家书屋是国家为满足农民文化需要，解决农民群众"买书难、借书难、看书难"的问题而建。书屋刚落成那天，阿婆就颠着脚一气儿上了村文化室，望着油漆印的四个大字眯眯地笑。

过了不久，阿婆就听说书屋一丝儿人气都没沾。乡亲们念叨着："我们大字儿不识，给开个书屋弄啥，这不瞎折腾吗？"阿婆急了：

"不识字就学着认呗，又不丢人。"之后，阿婆便自告奋勇，求着村里的几个小学生教她识字。从名字，再到唐诗……为了识字，阿婆一早便等在村口，才刚看见孩子们的影儿就嗒嗒过去了。在孩子们的簇拥下，阿婆风风火火往书屋赶。这事儿是个奇事儿，七十几岁的老太太竟然在学识字，村里人都笑话她："一把年纪了，还瞎折腾，不尽给自己找麻烦嘛。"阿婆却总笑着说："国家可没瞎折腾，国家出钱出力给我们建书屋，可不是让它空着招苍蝇的，一大把年纪了，都还不识字，这不是丢脸吗？现在国家政策越来越好，我可一定得跟上形势啊！识字这事其实也算是了了我小时候没能识字的遗恨了。"村里人听了，先是脸羞得通红，又转念一想，觉得这也是一件好事，便跟着阿婆学了起来。

最近，我再次回到了老家，刚进村口便听到了书屋传来的"春去花还在，人来鸟不惊"，还未传入天际，就被远处夕阳的余晖照耀得金黄。

窗　外

　　人影匆匆，摩肩接踵，人流络绎不绝，路上车水马龙，呆若木鸡的我望向窗外，不知时间已经悄无声息地过了多久……

　　清晨，第一道晨曦刺破云霄，从窗外射进房内。睡眼惺忪的我伏在窗台上，窗外陆陆续续地繁忙起来：早餐店热气腾腾，形形色色的人忙碌着。早餐的香味渗过阳光，刺激着人的味蕾。划破这宁静的汽笛声一阵接着一阵。人流渐渐聚集，道路水泄不通，随着阳光逐渐笼罩大地，人群渐渐流动，路上只剩下了几只追赶阳光的流浪猫、流浪狗，可它们却不知时光已悄然无声地过了多久。窗外，清晨，赶。

　　一上午的时间浑浑噩噩地过去了。正午时分，太阳高悬在白云悠悠的蓝天上，放射出毒辣的阳光炙烤着大地。路边不起眼的石头折射出"七色彩虹"，青翠欲滴的嫩叶也反射着刺眼的光，娇嫩的花也被晒蔫了脸。尽管顶着烈日骄阳，人们对工作、对生活的热情也丝毫不减。一边狼吞虎咽地吃着快餐，一边手里还忙着工作的人，从窗外看去数不胜数。我注视着眼前这一幕，时间一分一秒地从指尖滑过，从视线里飘远，从身边溜走，我却丝毫不知它渐渐离我远去，眨眼间，这几个小时犹如被一双魔爪扯断了，"嗖"地一下就断了。迎来了这落幕的前奏——傍晚时分。窗外，正午，逝。

　　天边的火烧云烧红了整片天，晚霞沐地，大地披上了轻纱似的红衣。从工作岗位上归来的人，放学路上的学生，悠闲的行人，来来往往中，尽是清脆的脚步声。向窗外远眺，人们东奔西走，这城市的傍晚渐渐寂静下来。从窗外吹来的风，带着甜丝丝的气味沁入鼻中，拂过耳畔，摩挲着脸庞，"沙沙"声从耳边掠过，从脸庞滑过……窗外，傍晚，休。

街道的灯犹如夜空中璀璨的繁星一般，星光点点，好似夜落下的泪。天空犹如墨蓝色的幕布，点缀着成排成列的星。而地上，人们都小心翼翼地过着这一天所剩不多的时光。街上热闹非凡，人在大街小巷穿梭，似是带着时间在游走，这时间费不得，耗不起，霎时，它便在人们交流的话语中顺着语气消失得无影无踪，在人们的笑声中悄悄溜走，在人们的时间进度条上带走了属于今天的那一段。随着皎洁似银的月光洒满大地，夜又悄悄恢复了幽静。我倚在窗台上，沐浴着月光，看着月光的银色浸满了大地，听着丝丝蝉鸣伴着淡淡月光奏响的小夜曲，触着柔和如水的月光想起了：今天正悄然地从指缝中溜过，它即将成为历史，迎来的便是崭新的明天。窗外，夜深，惜。

时光荏苒，白驹过隙，时间的金河需要我们追赶，不让它轻易流逝，也需要我们珍惜，不让我们慵懒地虚度。

写在最后

感谢你看到了这里。

不知看完这本书，你是后悔花费了这些时间还是庆幸选择了与我共度？

可能这本书里的部分文字还有些青涩和稚嫩，就像傅胜必老师开头所说的那样。但是我很感恩自己以略带诗意的方式记录了那些在青春岁月里诞生的思绪。

在未来的日子里，也许还有很多谈不上对与错的选择，我想只要无愧于心就好。毕竟有些事是事在人为的，而另外一些事情只有尽人事听天命。

人的一生中，本来就有无数次的选择。而每次选择都是一次开卷考试，更多时候还是开放性的试题，所以试卷的答案并没有那么明确。答题时，我们可以先问一下身边信得过的亲朋好友，征求一下他们的意见与建议，参照他们的人生，然后再用借贷关系的思维去把利弊一一列出，最终得出适合自己的答案。在这些经历中，人会变得成熟而不世故，历经沧桑却并不多疑，那就是一个人"入世"而又真实的模样。可能之前的选择会令之后的自己追悔莫及，但是我坚信：人应该有一种尽力过后顺其自然的随性——一切都是最好的安排。

最后，就以一首原创的小诗结尾吧：

少年的岁月是一朵鲜花，
散发着馥郁典雅的芬芳；
一阵清风拂过，
瞬间的美好沁人心脾。

青年的岁月是一滴晨露，
滴落在人生的思绪里；
一缕阳光洒下，
干涸的印记留下过往。

中年的岁月是一枚镇尺，
碾压住轻飘飘的灵魂；
在辛勤劳作中，
平添了几分成熟稳重。

暮年的岁月是一棵老树，
牢牢扎根于思想土壤；
在世事无常里，
领略到人生无限真谛。